なにがあっても、まぁいいか

樋口恵子
聖心会シスター
鈴木秀子

ビジネス社

はじめに

92歳同士です

樋口　今日は遠路はるばる我が家へお越しいただきまして恐縮です。私はヨタヘロなものですから。

鈴木　お加減がよろしくないのですか？

樋口　いえ、すこぶる元気なのですけれど、脚が弱くなりまして。ヨタヨタしているといって、娘が朝から晩までガミガミ言うんですよ。

鈴木　怪我でもしたら大変だと気遣ってくださっているのでしょう。

樋口　でも、この頃では猫までもが「早くどいてくれ」といった感じでイヤーな顔をするんです。

鈴木　先ほど真っ白な猫ちゃんが玄関までお出迎えに来てくれました。

樋口　他に3匹。全部で4匹いるんですよ。娘が猫好きで飼い始めたのですが、可愛くてねぇ。猫は私を癒してくれます。その意味では娘に感謝してるんですよ。

鈴木　私も動物が好きで、もちろん猫も大好きです。このあいだ山種美術館で「猫の展覧会」というのが開催されていたので行ってきました。

樋口　わぁ、私も行きたかった。家にいてボーっとしているとヨタヘロ化してしまいますけれど、「猫の展覧会」なんて聞いただけでワクワクします。不思議なもので行きたい場所へ行く時は俄然、元気が出るんですよ。今日もシスターとお目にかかれるというので、それはそれは楽しみにしておりました。

鈴木　私もです。もちろん樋口さんのご活躍はよく存じ上げています。介護保険の生みの親ということで、どれほどの方を救っておられることか。

樋口　恐れ入ります。でも人を救うといったらシスターのご活動には到底及びません。こんな言い方をしては失礼にあたるかもしれませんけれど、シスター鈴木という方は素晴らしいとかねがね思っておりました。それに、今回、改めてプロフィールを拝見しましたら、私達は同い年なんですねぇ。

鈴木 私は1932年、昭和7年の1月生まれですが、樋口さんは？

樋口 5月ですので遅生まれ。学年はシスターのほうが一つ上だと思うのですけれど、92歳同士です。何が嬉しいって、やはり同年代の人と話せることですよね。

鈴木 ええ、よくわかります。シンパシーを感じるというのはとても刺激的なことですよね。同じ時代を生きた人でなければわかり合えないことというのはありますし、何より話が弾むというのが楽しくて。楽しい会話のやりとりは脳を活性化する元気の素であり、ひいては長生きのコツだということが医学的にも解明されているそうです。

樋口 中学時代の幼馴染みが元気にしていて、今も時々長電話をしていますが、同年代の友人や知人はほとんど死にました。生きてはいても耳が遠くなったり、認知症になったり施設に入っていたりでコミュニケーション不全なのです。長生きもいいのだけれど、話し相手がいなくなるというのは、かくも寂しいことなのかと思いますね。でも今日は嬉しい。シスターのように現役で仕事を続けていらっしゃる同世代の人と語り合える機会など滅多にありません。私、いっぱい話したいことがあるんですよ。

鈴木 昭和、平成、令和を生きてきて感じていること。それから「人生百年時代」という前代未聞な世の中を高齢者として生きるトップバッターとして、心穏やかに暮らすためにどうすればいいのかについても語り合い、これからを生きる方たちの参考にしていただけるような本にしたいと思います。樋口さんのお話は興味深いのでたくさん聞かせてください。

樋口 ではさっそく始めましょうか。

目次

第2章 戦争時代を生き抜いて

第3章

女性が学ぶということ

第4章

社会の中で自立心を養う

第5章

人生100年時代は未知の世界

第6章

90代になって思うこと

第1章

同い年に生まれて

キリスト教と仏教
信仰する宗教は違っても

樋口　もちろん私はキリスト教において修道士、修道女と呼ばれる宗教者に対して敬意は常に払っていたのですけれど、あまり馴染みがないというか……。実は父方の祖父は、名古屋の「瑞忍寺《ずいにんじ》」という浄土真宗の寺の住職だったのです。

鈴木　まぁ、そうでしたか。

樋口　私の旧姓は「柴田」といいますが、小学校で戸籍届けが必要な折に、先生から「柴田さんのお宅は何か謂われのあるお寺なんですか？」と聞かれるのが嫌でね。そのたびにたじろいで「ただの貧乏寺でございます」などと答えていたのを覚えてます。

鈴木　すると樋口さんはお寺でお育ちになったのですか？

樋口　いいえ、本籍が「愛知県名古屋市東区大曽根町瑞忍寺」となっていただけです。父はお寺の三男坊で若くして家を出まして、のちに豊島区に家を構えたのですが、私が生まれ育ったその家の離れは仏間でした。父が近親の命日に、「正信偈《しょうしんげ》」を唱えていたので私もすっかり覚えてしまい、「きみょうむりょうじゅーにょーらいー（無量寿如来に帰命し）、なーむーふーかーしーぎーこーう（不可思議光に南無したてまつる）……」と、35分続きますが、今でも覚えています。

鈴木　お寺で育ったお父様の影響で、樋口さんも宗教を通して精神性を身につけておられるのですね。

樋口　そのうえで申し上げると、浄土真宗というのは仏教の中ではもっともキリスト教に近いというふうに思っております。他の宗派では、たとえばお盆には迎え火を焚いて故人の霊をお迎えしたり、追善供養をして先祖供養をしたりしますが、浄土真宗はそうしたことを一切しません。これが「門徒もの知らず」といわれる所以ですが、別に親鸞《しんらん》聖人は阿弥陀仏にばかり頼って他を顧みなかったわけでも、先祖をおろそかにしていた無作法者だったわけでもない。阿弥陀様に「南無」と、すなわち身を委ねて、お任せしていればよいと説いたのです。それだけ阿弥陀様に信頼を寄せていたといえますけれど、ものごとはジタバタしてもなるようにしかならない。そして流れに身を任せ、なるようになったところで生きることが幸せなのだという悟りが軸になっているのだなと、そう私は理解しております。

といって私自身は宗教に感化されてはいないのですが、何かの折にふと、自分は大きな存在に帰依しているのを感じることがあるのです。不思議なものですねえ。

鈴木　私が活動の拠点としている聖心女子大学にはシスターがたくさんいるのですけれども、おいたちを尋ねるとカトリックではない人がたくさんいるのです。ただ、幼い頃から何らかの精神性を養っているという共通点があります。ですから精神性というものがとても大事なのですね。

樋口　仏間で背筋を正して仏壇に向かう父の姿に触れ、私も呪文のようなものを唱えながら、ある一つの世界が形成されたというのは事実です。

鈴木　それが樋口さんを支える主軸となって今日まで生きてこられた。樋口さんの鷹揚な精神性がどこから来るのかなと思っていましたが、お寺の御家系と伺って、点と点がつながって線になったような気がします。

苦学の末に考古学者になった父

樋口　でも、父が幼い頃の「瑞忍寺」は、旧制中学卒業後は進学させてもらえないほどの貧乏寺だったとかで、父は苦学して考古学者になったのです。

鈴木　考古学者に。そうでしたか。

樋口　父の名は柴田常恵《しばたじょうけい》といって当時はそれなりに名の知られた学者でした。二十歳で上京して私立真宗東京中学高等科に入り、その後、私立郁文館内の志学館で歴史学を学びまして、私の子供時代には東京帝国大学で理学部人類学教室に勤務しておりました。そこから理科大学助手を経て慶應義塾大学講師になり、戦後は文化財専門審議会委員を務めて……。寺の子ですから仏教上の教典などに詳しく、仏教考古学を得意としていたのです。

鈴木　なるほど。仏教考古学の研究をしておられたのですね。

樋口　鑑定家としても活動していました。ある時、「永仁の壺事件」というのが巻き起こりましてね。１９４０年代に発掘された壺が、鎌倉時代の後期にあたる永仁に作られた古瀬戸の傑作であるとされたのですが、どうも矛盾点が多いということで、父は贋作だという鑑定結果を発表したのです。けれど旗色は悪く、その壺は国の重要文化財に指定されました。ところがのちになって、加藤唐九郎という現代の陶芸家による作品だということが判明して、重要文化財の指定も解除されました。

鈴木　独自の視点をお持ちだったのですね。これは贋作だと思ったら、周囲の圧力をものともせず立ち向かわれたというのもご立派で。樋口さんの正義感はお父様ゆずりだったのですね。

樋口　それはどうかわかりませんが、父は権力には屈しない、真実を伝えたいと言っておりました。ところが永仁の壷論争で奮闘して体調を崩したのか、贋作だと認められるよりも前、昭和29年に脳溢血で死んでしまったのです。享年77歳でしたけれど、もう少し親孝行すればよかったなと思いますね。

鈴木　十分に親孝行なさったと思うのですけれど。ご自分が苦学なさったというお父様は、樋口さんが東大にお入りになった時には、さぞかしお喜びになったのではありませんか？

樋口　実は、父は一駅隣の母方の親戚の家へフラリと行ったそうで、本家の叔母は何をしに来たのかといぶかしんでいたらしいのです。そうしたところが、父が帰り際に玄関先で靴を履きながら「ところでこのたび、うちの恵子が東大に受かりまして」と言ったのを聞いて、このことを伝えに来たのかと察したという話が、笑い種として残っています。

鈴木　笑い種だなんて（笑）。樋口さんはお父様の誇りだったのでしょうね。

画家になる夢破れ銀行で働いた父

樋口　私は自分の人生を否定したり、恥じたりはしておりませんが、思えば俗っぽい人生で、二度結婚しました。二度とも亭主に先立たれ、最初の夫とのあいだに生まれた娘をシングルマザーとして育て……。よくよく周囲を見渡してみたら、みんな真面目に生きているので、自分はなんでこうもいい加減に生きているのだろうと思ったこともありました。

鈴木　いいじゃありませんか、自由で。

樋口　物は言いようですけれど（笑）。いずれにしてもシスターは、私などタジタジしてしまうほど高潔な人生を生きておられます。果たしてどのような環境でお育ちになったのだろうかと、それこそ俗っぽい興味かもしれませんけれど、ご実家がクリスチャンなのですか？

鈴木　いいえ、仏教の家に育ちました。私は伊豆半島の先にある静岡県下田市白浜の出身なのですが、父は地元で銀行を営んでいたのです。

樋口　まぁ。真面目なご家庭であったのだろうと想像はつきますが、銀行を。意外です。

鈴木　当時はどの街にも郵便局のような小さな銀行がありまして、父の実家も母の実家も銀行を営んでいました。でも父は銀行を継ぐのは嫌で、というのも絵が好きで好きで、芸大に入るのが夢だったのです。

樋口　それがお父上の方針で、家業に足を踏み込まざるを得なかったと。

鈴木　結果的にそういうことになったのですが、父は朴歯下駄《ほおばげた》を懐に入れて、天城を越え、芸大を受けに行ったそうです。ところが芸大の学生達が、自分が見たこともないような作風の絵を描いているのを目の当たりにして、カルチャーショックを受けて。そこへ祖父から画家で食べていけるわけがないと言われて納得したのだとか。結局のところ、父の長兄が早稲田大学の一回生だったことから自分も早稲田に進学して、卒業する折には大隈重信公から直々に免状をもらったと聞いています。

樋口　主席で卒業なさったと。優秀でいらしたのですね。

鈴木　でも父は死ぬまで絵描きになりたかったと言っていました。今度生まれたら、国宝の絵を修繕する職に就きたいと。自分は国宝になるような作品を描くことはできないけれど、常に国宝級の絵画が近くにある生活を送りたいと言い続けていたのです。

樋口　何やらお気の毒ですけれど、銀行家として成功なさったのですから、我が人生に悔いなしだったのではありませんか？

鈴木　成功したのは父方の祖父で、横浜から伊豆半島にかけて手広く仕事をしていたのです。ところが父が大学を卒業する頃には没落してしまい、父は母と結婚して母方の実家の銀行を継ぎました。つまりお婿さんに入ったのです。母には男のきょうだいがいたのですが、結核で早く亡くなっていたものですから。

人生は思うに任せない

樋口　あの時代は結核で亡くなる方が多くて。どこの家にも悲しい出来事というのはありますけれど、親にとって子供を失うというのは大きな試練に違いありません。実は私には二つ上の兄がいましたが、やはり結核で亡くなりましてね。そこから私は一人っ子として育ちました。兄はまだ15歳という若さでした。両親の悲しみはいかばかりだっただろうと考えると、今も胸が痛いのです。

鈴木　私にも兄がいたのですが、重い小児麻痺にかかりました。4人きょうだいでしたが、年の離れていた姉は他界し、今は私と妹だけになりました。

樋口　話していると共通項が浮かび上がってきますね。私は両親を見て、なるべく悲しみに囚われずに生きるということの大切さを学びました。この世にはどうにもならないこともあるのだと受け入れた人は強いのだと、私は思うのです。

鈴木　人生は思うに任せないものだということを知っている人と、理解していない人の違いは大きいといえるでしょう。知っている人は小さなことにも感謝することができますが、人生は思い通りにいくのが当然だと思い込んでいる人は、小さな幸せを見逃してしまいがちです。そうすると不満だらけになってしまう。つまり幸せになれないのです。

樋口　シスターと私は生きる分野こそ違いますけれど、囚われずに生きるという基本的な姿勢のようなものが似ていると感じます。シスターが提唱なさる「聖なるあきらめ」に強く共感を覚えました。仏教では「諦める」というのは投げ出すことではなく、「明らめる」というふうに解釈するということは、何となく知っていたのですが、「聖なるあきらめ」とは言い得て妙です。

鈴木　身も蓋もないことを言うようですが、駄目なものは駄目なのです。たとえば家族が重い病気になれば、誰だって治って欲しいと願います。でも、どんなに願っても、どんなに祈っても治らないということもあるのです。そうした時に私達は現実を受け止めることしかできません。

樋口 厳しいけれど、思い通りには行かないというのが人生の本質ですね。

鈴木 本質とは、「誰もがみんな平等である」ということでもあります。自分だけではない。誰もがみんな思うに任せない人生を生きているのだと考えることが癒しとなり、それなら自分も、時間はかかるかもしれないけれど試練を乗り越え、前向きに歩んでいこうと気持ちを切り替えることができるでしょう。

樋口 私の人生にもいろいろな局面がありましたけれど、あの時こうすればよかったなどと悔やんでもしょーがないし、誰かのせいにしても埒《らち》が明かないということは早くからわかっていた気がします。それから期待が過ぎるというのも落胆のもとで、私は欲張り人間ですけれど、身の程はわきまえてきたつもりです。

鈴木 よく「神様お願いします」と祈る方がいますけれど、本当の祈りというのは「願い事を叶えてください」というものではないのですよね。

樋口 すると、どのように祈ることが正しいのでしょうか?

鈴木 私はこんなふうに祈ることをみなさんにお勧めしています。「変えることのできるものを変えていく勇気を与えてください。変えることのできないものを受け入れていく心の広さを与えてください。そして、変えることのできるものと変えることのできないものを見分ける智慧を与えてください」。

樋口　ヨタヘロ状態は嘆かわしいと思っておりましたが、老化現象は変えることのできないものと受け入れる覚悟ができました。つまり開き直るというのも大事なことで、開き直れば楽になれるのは確かなことです。

ユーモア精神は人間関係の潤滑油

鈴木　どんなことが起こっても「運命に翻弄されている」などと受け身でいないで、こちらから潔く「わかりました、かくなるうえは」と、ドンと構えて暮らせば心の風通しがよくなり、不安や不満を遠ざけることができます。その点、樋口さんはユーモア精神をお持ちで、それは素晴らしいことだと思います。

樋口 父が落語好きで、私もラジオから流れる落語を聞いて育ちました。人の間抜けな話をゲラゲラ笑いながら聞いていましたが、その実、ああ物事というのは、当事者にしてみたら真剣なことでも、他から見たら滑稽だということもあるのだなとか、どんな局面でも笑わせた者勝ちなのだといったことを感じ取っていたのではなかろうかと、今になって思うのです。

鈴木 明るさというのは強さだというふうに感じます。どんなに論破力のある人も、どんなに威圧的な人も、ユーモア精神という武器を持っている人にはかないません。ユーモア精神というのは人間関係の潤滑油なのです。周囲の人をクスっと笑わせながら、自分の意見を通す人間力を備えているのですからすごいですよ。

樋口 私の場合は人間力とは無縁ですぐに腹が立ってしまうのですけれど、嫌なことをまともに受けていたら自分が疲れてしまいます。それで、いつの間にかイライラする自分を客観的に見て笑うという術を身につけたのでしょう。それからサービス精神みたいなものがあって、こちらのほうは天性のものかもしれません。

本が世界を広げてくれた

鈴木　小さな頃はどんなお嬢さんだったのですか？

樋口　活発で、オマセで。近所の子達とよく外で遊んでました。家から少し離れた空地で鬼ごっこをしたりして。夕飯時に父から「風に乗って恵子の声だけが聞こえてきてうるさい」なんて怒られたこともありました。オマセだったのは本が好きでよく読んでいたからでしょう。

ちょっと話は逸れますが、先ほどもお話した兄というのが誰もが認める美男子で、それに比べてどうして私はこんなにオヘチャなのか、神様は不公平だ！　と思っていたのです。父からも兄からも「おまえの鼻はどうしてこんなに低いのか」とバカにされましたけれど、それは真実なので今は容姿のことで私をからかった人のこと、誰一人怨んでいません。でも当時はひどく傷ついていたのですよ。

鈴木 お父様もお兄様も樋口さんのことが可愛かったから、からかいたくなったのでしょう。愛情いっぱいに育てられたことが伝わってくるようです。そうですか、お兄様はハンサムだったのですね。

樋口 あ、そうそう、兄の話ではなく本の話でしたね。兄は大変な秀才でもあって、早くから文学に目覚めていたので家にはたくさんの本がありました。戦時中で本など手に入らない時期に、石神井公園から池袋に至るまでの古本屋の地図を持っていて、漱石や芥川、ドフトエフスキーやサルトルなど文豪といわれるありとあらゆる作家の作品を入手していたのです。少ないお小遣いのすべてをあてていて、天井まである大きな二つの本棚があふれてしまうほどの数でした。

鈴木 それを樋口さんもお読みになっていたのですね。

樋口 兄の死後、私は中学に入るや否や、兄から結核が感染して1年ほど絶対安静だったのです。両親は娘までもが命を落とすのではないかと大変な騒ぎで。教育熱心な親でしたが、あの時ばかりは学校どころではないと言っていましたね。

鈴木　そうでしょうね。

樋口　おかげで入院中に読書三昧の日々を送りました。私も本は面白いと思っておりましたが、さすがにドフトエフスキーは難解で、登場人物の名前はやたらと長いしね（笑）。でも時間だけは豊富にあったので、一応は読破しました。読書の習慣というものが兄から、あるいは柴田家から私が受け継いだ文学的遺産で、私が仮にも物書きの端くれとして生きていられるのは、本を読んできたからだと思うのです。

鈴木　私も幼い頃から読書が好きでした。子供の頃、講談社が出していた文学絵本といって、文学を子供向けに絵本にしたものがあったのです。それを父が買い与えてくれまして、家に３００冊くらいあったでしょうか。

樋口　わぁ、すごい！

鈴木　母も本が好きで、散歩をしながら自分の読んだ物語を語り聞かせてくれました。私が「もっとお話しして」とせがむものですから、母はだんだん種がなくなって、ついには自分で創作した物語をするようになったのですけれど（笑）。

樋口 なんと微笑ましい。そこからシスターは文学少女に？

鈴木 人が体験できることというのは限られていますけれど、文学を通してたくさんの疑似体験ができます。それで夢中になりまして、気づけば文学少女になっていたのです。幸い私の育った環境は穏やかなものでしたが、それでも思春期になると小さな悩みや迷いが生じて、どうしたものかと考えるようになりました。そんな時、名作を通して人生の苦悩に向き合っていると、苦悩から解き放たれたいという作者の力が、こちらに向かって押し返してくるのを感じたのです。

樋口 ええ、わかります。感受性豊かな頃だったせいか、本当に文学というのは刺激的で。

鈴木 いろいろな気づきや発見もありました。文学は人間の中に潜んでいるエゴといった邪悪なものを洗いざらい見せてくれます。一歩間違えれば自分だって悪に傾きかねない心を持っているのだと認識し、それをどう超えていくのかという課題が与えられ、しかも作品の主人公と共に乗り越え方を学んでいくことができる。こうした体験は文学でしか味わえないと思います。

人の悩みの90パーセントは些末なこと

樋口　おっしゃる通りです。文学が好きな人は、結局のところ、人間というものに対する探求心が深いのだと思います。

鈴木　そうですね。私が東京大学の大学院人文科学研究科で近代文学を専攻したのも、もっと人間というものを知り、綺麗ごとで済ませるのではなく、人の心に深く寄り添いたいと考えたからです。私はこれまでに多くの方の相談を受けてきましたが、人の悩みは千差万別で、離婚問題や子育てに悩む方もたくさんおられます。でも私には家庭を持った経験がありませんので、自分の経験から生まれた価値観では通り一辺倒のことしかお答えできなかったと思います。

樋口　私も新聞で人生相談をしていましたけれど、いろいろな悩みがあるものだなぁと思いました。こんな悩みもあるのかと驚きつつ、自分がこの人の立場ならどうするだろう？　と考えて回答していましたが、正直なところ、自分ならぐちゃぐちゃ悩んでいないで行動に移してしまうなと思うようなこともありましたね。

鈴木　もちろんみなさん真剣に悩んでおられるのです。そのことは重々承知のうえで申し上げれば、人が抱く悩みの90パーセントは些末なことです。

樋口　あら、私でも言い控えたことを随分ハッキリとおっしゃる（笑）。

鈴木　いろいろなことが起こるけれど、今日も生きている。生かされているのだということに感謝して、自分の持っていないものや苦しいことにフォーカスするのではなく、今あるものや嬉しい出来事に目を向けていくことが幸せの秘訣だと思います。

樋口　とはいえ嫌なことのインパクトというのは強いものだから、そこばかりを集中的に眺めてしまいがちなのですけれど……。私自身のことでいえば、「まぁ生きていればいろいろあらぁな」と思うこと、それから「嫌な出来事から学ぶことがあれば、それはそれでよしとする」といったことを心がけてきた気がします。

鈴木　同感です。悩み続けてしまう人は自分の心を整理することが苦手なのでしょう。人に相談するよりも、まずは自分の心と向き合うことが先決なのですね。でも本当はみなさんわかっておられるのですよ。私のところには毎日たくさんのお手紙が寄せられ、30枚もの便せんに悩みを綴って送ってこられる方も珍しくありません。ところが最後は決まって「シスターに話を聞いていただけただけでスッキリしました」と締め括られています。私の回答を求めるまでもなく、書いているうちにセルフカウンセリングが成立して、何とかなりそうな気配を覚えているのです。

樋口　それにしても30枚もの便せんに綴られた人の悩み相談を読むのは大変ですねぇ。

鈴木　それが1日に何十通も寄せられます。拝読してご返事を書こうにも書ききれないので、私は悩める方々のためにお祈りします。礼拝堂ではもちろんのこと、エレベーターに乗っているわずかな時間も祈りの時間にあてています。ある時、このことを、自分のせいで家族がバラバラになってしまったと罪悪感を抱えて苦悩する相談者にお伝えしたら、その方は「こんな自分のために祈ってくれる人がいるなんて」と泣いておられました。苦悩する人が本当に求めているのは解決策というより、生き抜いていくための力なのだと私は確信しています。

樋口　悩める人がいたら、傾聴することによって救えるということですね。

鈴木　そして、いろいろな環境に生きている人がいて、さまざまなことに苦悩しているということを想像し、ささやかでも何か自分にできることはないかと考えることが、人としての進化だと私は思うのです。

樋口　世の中には偉い人がたくさんいると思って小さくなる一方なものですから、シスターみたいな志の高い方に会うと辛いのよねぇ（笑）。

鈴木　樋口さんは本当に楽しい方ですね。ユーモアのセンスが抜群で、私のほうこそ、見習うところばかりです。

本も読めない「絶対の沈黙」の修業

樋口　ところで東大の大学院で近代文学を専攻なさったということですが、存じ上げませんで失礼いたしました。聖心大学を卒業されてシスターになられてから、さらに大学院へ進学なさったということですね？

鈴木　ええ。私は大学3年の時に修道院に入ることを決心して洗礼を受けました。でも、そこから修道院へ入るまでには5年間待たなくてはいけないのです。その間に聖心の大学院へ進学しました。その後、修道院に入り、「絶対の沈黙」という修行を行いました。1年間は本も読んではいけないということで、あの時期は辛かったですねぇ。

樋口　「絶対の沈黙」という修行があるのですか！　1年間は本も読んではいけ

ないとおっしゃいましたが、喋ることは？

鈴木 もちろんできません。

樋口 私にはとても無理だわ。口から先に生まれてきた私が喋ることを禁じられたら……と考えるだけでゾッとします。一体、どれくらいの期間、喋ってはいけないのですか？

鈴木 永遠に。のはずだったのですが、私は8年続けました。

樋口 8年も！ 大変な苦行ですね。永遠に続ける方もおられるのですか？

鈴木 私を教えてくださったシスター達の多くは生涯にわたり、沈黙を通されました。今はそういう制度はなくなりましたが、昔は教鞭をとるシスターと家事をするシスターとに分かれていたのです。大学に入ったばかりのある時、廊下を歩いていたら、一人のシスターが床を掃きながらブツブツ言っていたので、友人に「あの方は何を言っているのかしら？」と訊きました。すると「今、廊下ですれ違った人とその家族が幸せでありますように」と祈っているのだというのです。そしてまたある時、学校内の食堂で食事をしている時に、真夏の暑い日に調理場のシンクに顔を突っ込むようにして、汗だくになりながらお皿を洗っているシスターがいて、やはりブツブツ言っているのを見かけました。そこで再び友人に「あの方は何を言っているのかしら？」と尋ねると、「このお皿で食事をした人達が、心豊かに真の幸せの中に生きるようにと祈っておられるのよ」と教えてくれたのです。

樋口　ほーっ。これは驚きました。

鈴木　自分の幸せを追うのではなく、人の幸せのために生きるという生き方があることを知ったのが、私が洗礼を受けて、シスターとして生きて行こうと考えるようになった一つの大きなきっかけとなりました。

「まぁいいか」は魔法の言葉

樋口 「絶対の沈黙」のお話があまりに衝撃的だったので、さらに伺いたいのですが、他にも修行はあるのですか？

鈴木 「頭の沈黙」というのがありまして、これは本当に難しいのです。

樋口 頭まで沈黙させてしまったらボーっとしませんか？ そうであるなら私にもできそうです。このところボーっとしておりますので（笑）。

鈴木 いわば瞑想状態で過ごすということなのです。人というのはわずかな出来事から他人を批判したりしてしまいがちですから。

樋口 あらいやだ、思えば私はそればかり。評論家という肩書を背負って生きてきましたからねぇ。それでも許されるだろうという神様への甘ったれ心を持ち続けてきてしまいました。

鈴木 いいのではありませんか。神様は甘えてくれる人が好きなのですから。

樋口 でも甘えっぱなしじゃ悪いわ。

鈴木 ウフフ。私が思うに、世の中を正しく導くためには樋口さんのような方が必要なんですよ。そういう正義の批判ではなく、羨ましいと思う心が嫉妬心になったり、人の成功を妬んだり、差別して見下したり……。それは自己防衛本能に端を発した人の弱さですが、誰もがみんな弱い存在なのです。だからこそ「頭の沈黙」という修行が必要で、邪心を抱かないために、常に頭の中で聖書の言葉を繰り返し、すべての思考をシャットアウトします。そうして「今、ここ」に生きることが修行の目的なのです。

樋口　5分くらいならできそうですが。

鈴木　本当に難しいです。たとえばキッチンのそばを通るとお料理のいい匂いがします。すると咄嗟に家族で囲んだ食卓のことが頭に浮かんで「懐かしいなぁ」などと思うわけなのですが、ハッと我に返って、いけない、いけないと。慌てて聖書の一節を頭の中で唱え始めて思いを断ち切るといったことを繰り返して、これを2年ほど徹底的に行いました。

樋口　やっぱり私にはできません！　今も私はシスターのお話を聞きながら、それに比べて私はなんとダメ人間なのだろうと卑下しておりました。でも自分を責め始めたら苦しいし、際限がありませんね。それだけならまだしも、ついには人のせいにし始めて、そうなると悪心まみれになってしまいがちです。年を取ったらさすがに滝行などは命取りになりますが、「頭の沈黙」という修行ならできなくもないかと思ったりしましたが、やはり難しいですね。

鈴木　徹底して行う必要はないと思いますが、今、自分は悪心を抱いているなと気づくこと、そして気づいたら意識的に流すことを心がけていると、それだけでストレスは軽減するような気がしています。

樋口　私は悶々とする時には、とりあえず「まぁいいか」と呟いて、早く寝ることにしています。

鈴木　それですよ！　樋口さんは聖書の一節ではなく、「まぁいいか」という言葉で思考を止めているのです。素晴らしいですねぇ。悶々と悩み続ける人は不必要に自分を責めてしまうという特徴があります。「私がもっとこうしていれば夫は死ななかった」とか、「自分がもっとこうしていれば会社は倒産しなかった」とか。でも、どんなに自分を責めても夫は生き返らない、会社は元には戻らない。だとすれば、あとは自分を許す方向へと気持ちを切り替えればいいのに「まぁいいか」と言えないのです。

樋口　私としては、悶々とすることの種を作った人を呪うのが面倒くさくなって、「あー、バカバカしい」と切り返すために、何となく使い始めた言葉なのですけれど、「まぁいいか」は自分を救う魔法の言葉だったのですね。

鈴木　「まぁいいか」と呟けば、スパッと気持ちを切り替えて、嫌な出来事を速やかに遠ざけることがだんだんとできるようになるでしょう。私も樋口さんの真似をして、さっそく日常に取り入れてみます。

樋口　私は自分が邪な人間だということは承知していますが、一つ褒められる点があるとしたら、自分だけが偉い気にならないできたということだと思うのです。偉くもないのに、人を許すとか許さないとか言えませんよ。

鈴木　だから樋口さんは「まぁいいか」と自分を許すことができるのですよ。自分があたかも全能の神であるかのように勘違いしている人は、ダメな自分を受け入れることができませんもの。一方、もとより自分は特別ではないと思っている人は、精一杯のことをしたけれどダメだった、でも小さな存在である自分としては上出来だったかもしれないと、自分を許すことができるのでしょうね。

恩師に学んだ深い深い死生観

樋口 シスターの知られざる世界というものに強く惹かれ、うっかり話が迂回してしまいましたが、苦行時代を経て、近代文学を学ぼうと思われたのですね。

鈴木 ちょっと長い話になりますが、聖心の大学院を卒業した私は、その最後の仕上げとしてローマで半年間の研修に臨むことが義務づけられていました。このトレーニングがすべてフランス語で行われるのです。

樋口 研修がローマで行われるのにイタリア語ではないのですか？

鈴木 フランス語なのですよ。

樋口 イタリア語にしても、フランス語にしても、習得するのが大変なことに違いはありませんけれど。

鈴木　私はまず、フランスのマルセイユへ行き、半年のあいだフランス語を学びつつ、それだけではもったいないので大学の哲学のクラスへ通うことにしました。その期間を経てローマへ渡り、修道院で暮らして帰国したのですが、一番上に立っておられたシスターから、大学で教鞭をとりながら、東大の大学院へ入り直したらどうかと強く勧められたのです。

樋口　優秀であったからに違いないのですが、シスターご本人にとっては喜ばしいことだったのですか？

鈴木　ええ、30歳になっていましたが、私は学ぶことが好きでしたので喜んで東大の大学院に入学しました。その後、3年学んで修士課程を修了した人は49人で、博士課程へ進める人は7人だけでしたが、その中に入れていただき、3年で博士課程を終えたのです。

樋口　東大へ6年在籍なさった末に文学博士になられたと。

鈴木　学生紛争が激しい頃で、博士課程の最後の年に安田講堂事件が起きて、一人で行くと危ないからと、博士課程仲間と見に行ったのを覚えています。

樋口　すると博士課程を修了なさったのは1969年ですね。

鈴木　そうですか、安田講堂事件が起きたのは1969年でしたか……。東大に近代文学科ができたというタイミングで入学したことはハッキリと覚えているのですけれど。

樋口　一期生ですか。1960年代まで東大に近代文学科はなかったのですねぇ。

鈴木　私は日本文学を専攻して、三好行雄先生に教えていただきましたが、大きな恩恵を受けたと感じています。三好先生は若い時に学徒動員で戦争へ行った経験のある方で、飛行機を積んだ軍艦の上で朝と夕の食事の支度を担当していたそうです。朝にはたくさん用意してみんながモリモリ食べていたのに、夕方に同じ数の食事を用意してもたくさん残ると。

樋口　ああ。つまり朝には元気だった人達が、飛行機で飛び立ち、帰らぬ人となったということを物語っているのですね。何という厳しい体験でしょう。戦争は本当に憎いですね。兄は勤労動員に駆り出されて疲労から結核にかかって亡くなりましたので、私は兄も戦争の被害者だと思っています。

鈴木　悔しいですねぇ。あの時代、戦争さえなければと、どれほど多くの方が涙をのんだかしれません。三好先生は「死」というものを毎日、毎日、目の当たりにして、「生きるとはどういうことか」と考えるようになり、芥川文学にたどり着いたと話しておられました。その結果、本当は理工学部に進もうと思っていたけれど、文学の道に進み、東大国文科で初めての近代専攻の教員となったのです。先生は芥川文学の研究における大家になられましたが、最後まで「死」をテーマに活動なさって。

樋口　東大をリタイアされたあとも研究を続けられていたのですね。

鈴木　そうです。そうして最後は病気を患い、日赤病院へ入院なさり……。このことは伏せられていたのですが、卒業後も三好先生と親しくしていた博士課程時代の友人から、あなたのいる聖心は日赤病院の隣だから、是非、先生に会いに行って欲しいと頼まれて、私は毎日のようにお見舞いに行くようになりました。先生は面会時間の1時間のあいだ中ずっと、自分の死生観について語り聞かせてく

だったのです。

樋口　貴重なお話ですね。是非、伺いたい。

鈴木　戦争でたくさんの仲間が死んだ。自分は生かされた。なぜ生かされているのかと考えた時、自分以外の誰かのために生きることが使命なのではないかと思うと。そうして亡くなる直前に病室へ伺った折には、どんなに小さなことでも誰かの救いになることができたなら十分だ。優秀な学生達が巣立って、文学を広く、深く伝え、人々の心を癒したり、励ましたりしていくことだろう。自分がそうした人材を育成することの小さな力になれたなら本望だとおっしゃったのです。死にゆく人の切実な言葉だっただけに、私の心にしっかりと沁み込んで、今も時折、先生の言葉を思い出します。

樋口　何だか胃袋の底から浄化されたような……。いや、決して茶化しているのではありません。深い深い死生観に触れて感動しました、本当に。

第2章

戦争時代を生き抜いて

目の前で友達が機銃掃射の犠牲になった

樋口　戦争の話が出ましたけれど、第二次世界大戦が始まったのは7歳の時でした。といっても最初はあまりピンと来ませんでしたねぇ。

鈴木　私も突如として暮らし向きが変わったという記憶はないのですが、第二次世界大戦の局面として、太平洋戦争が始まった9歳の頃からは悲惨でした。これは終戦直前のことなのですが、学校からの帰り道を歩いていたら、突如としてけたたましい音と共にアメリカの飛行機が、操縦している人が金髪だと確認できるほど近くまで下りて来て機銃掃射したのです。

樋口　ああ怖い。よくぞ御無事で。

鈴木　でも私の少し前を歩いていた友達が命を落としました。その時の光景がトラウマになっているものですから、今もテレビで戦争を報じる番組が始まると反射的に消してしまいます。

樋口　1931年の満州事変に始まった戦争は15年にも及び、310万人もの尊い命が奪われてしまいました。考えられないことです。

鈴木　今は人を殺した人は徹底的に罪に問われますが、それが普通の社会のありようです。当時は日本人だというだけでアメリカ兵の的になり、機銃掃射によってなぎ倒されていったのですから、戦争というのは残酷であり、理不尽で意味のないものだとつくづく思います。

樋口　私は太平洋戦争が始まった頃、豊島区の「としまえん」という遊園地から徒歩で5分くらいのところにある住宅地の一角に暮らしていたのですが、地元の小学校ではなく、電車に乗って越境して高田第五国民学校、現在の目白小学校に通っていました。近所には立教小学校などの私学に入学した子もいましたので、兄は父のことをケチだと言っておりましたが、高田国民学校が進学率の高い名門校だったのです。公立の小学校で頑張って学び、受験して自分の望む高校へ進学するのがよいだろうというのが、父の教育方針だったのだと思います。ところが小学校の3年生になった頃から空襲が始まり、たちまち学業どころではなくなってしまいました。

食べる物も情報もなく不安だらけの時代

鈴木　どのような変化がありましたか？

樋口　私が通っていた小学校は昔はリベラルな雰囲気だったのですけれど、小さな兵営と化してしまい……。たとえば毎月八日の大詔奉戴日《たいしょうほうたいび》には朝礼で国歌斉唱をするようになったり、お弁当も、おかずは梅干し一個の日の丸弁当が義務づけられたりして。私は戸惑いを覚えました。特にお弁当のことは「えー！」と思って。これはまだまだ序の口で、お米さえ食べられなくなる日が来るとも知らずに。

鈴木　「欲しがりません、勝つまでは」という言葉を初めて耳にした時、私は4年生だったと思います。男の人がどんどん戦地へ出て行ってしまい、あれよあれよという間に日本中の人達が不安に陥れられ、ただただ今日を生きることに必死だという感じになっていきましたよね。とはいえ、当時は今のように情報社会ではありませんでしたので、自分達の暮らす狭い世界のことしかわからず、それがまた何とも言えずに心細く、どうなるのだろうという不安でいっぱいでした。

樋口　終戦後に沖縄の人達がたくさん亡くなられたということを知りました。「まったく情報がなかったから、疎開するのが遅れたのだろう」と大人が話しているのを聞いて、それが真実であるならば、なんと気の毒なことかと胸が痛んだのを覚えています。

鈴木　樋口さんは東京にいらして、東京には大きな新聞社などもありますので、さまざまな情報が流れてきたのでしょう。都会は特別でしたよ。私の暮らしていた静岡県の下田市白浜でも、夜になったら灯りを消しなさい、警報が鳴ったら防空壕へ駆け込みなさいと教えられましたが、始めの頃はそれがどうしてなのか、誰もがあまりピンと来ていなかったように思うのです。

樋口　でも結果的には、1945年の3月10日に東京大空襲で下町が全滅してしまい、10万人もの方が命を落とされました。都道府県ごとの空襲死者数は東京が一番多かった。情報があってもなくても狙われたら最後だったんですよ。

疎開生活を一言で表すなら「空腹」

樋口　シスターはどこへ疎開なさったのですか？

鈴木　白浜は田舎ですので、元より疎開地に住んでいるようなもので、学童疎開はありませんでした。でも水平線の彼方から敵の飛行機が群れをなして飛んできて、また海へ帰っていくのを見ていました。

樋口　私は小学校6年の時に上野駅から列車で長野県平穏《ひらお》村（現・山ノ内町）の

上林温泉へ学童疎開しました。

鈴木　親元を離れて集団生活をするという初めての体験で、心細かったのではありませんか？

樋口　もう六年生で仲のいい友達が一緒でしたので、さほど寂しい思いはせずに済みましたが、神経質に育てられた子などは、すっかり憔悴していましたね。あれは一つの試練でしたが、学童疎開を体験した世代の人は自立心を養うという意味で大きな成長を遂げ、強い精神を培うことができたのではないでしょうか。

鈴木　確かに、それはそうですね。

樋口　それから団結心。友達は、その子の家庭環境とか、この子は勉強ができるとか、走るのが速いといったことは知っていたけれど、24時間一緒に暮らす中で、いろいろな発見がありました。それぞれに得意なことがあって、遊びを思いつくことに長けている人もいたし、セーターをほどいて編み直してしまうような器用な人もいて、さまざまな刺激を受けましたね。この子はすごいなぁという思いが強いつながりを生んで、それまで以上に親しくなりました。

鈴木　樋口さんはどんな才能を発揮なさったのでしょう？

樋口　才能なんてありませんでしたが、もともと人をまとめるのが好きだったというか、要するに出しゃばりなんですよ。たとえばこんなことがありました。私達の担当をしてくださった寮母さんというのが若い人で、他の寮母さん達から仲間外れにされてションボリしていたのです。そこで私が「組のみんなで慰めよう！」と提案して、夕食後の自由時間に歌を披露したのです。

鈴木　リーダーシップという才能を活かされて。たくましいですねぇ。逆境にもめげず、イキイキとしておられた様子が目に浮かぶようです。

母が持たせてくれた砂糖の思い出

樋口　疎開といえば、上野駅まで見送りに来てくれた母が、蒸しパンと我が家にあった最後の砂糖を持たせてくれましてね。砂糖のほうはちょっと赤みのついた純粋なザラメだったと思うのですけれど。

鈴木　当時は物資不足で、特にお砂糖は貴重品でした。サッカリンが手に入ればいい方でしたから。

樋口　あれは人工甘味料で、砂糖の何倍も甘いけれど、口に含むとピリピリとして、最終的には苦みが残るという代物でした。

鈴木　ですからお砂糖の甘さが恋しくてたまりませんでしたよ。

樋口　なのに私はバカなことをしたものだなと今も思うんです。まず蒸しパンなのですが、列車の中で満腹になるまで食べて友達にも分けました。それでも残った蒸しパンを見ながら、これをこのまま疎開先へ持って行っても自分だけで食べるわけにはいくまいと考えた末に、なんと私は車窓からポーンと投げ捨ててしまったのです。

鈴木　あらぁ〜、なんてもったいないことを。

樋口　疎開生活を一言で表すなら「空腹」というくらい、想像を絶するひもじい暮らしが待ち受けていたわけで、捨てた蒸しパンのことが悔やまれてなりませんでした。

鈴木　でも「まだ砂糖がある」と思えば気持ちを立て直すことができたのではありませんか？

樋口　それなんですけれどね。自分だけで楽しむというわけにはいくまいと観念していました。かといって長く持っていても、誰かに見つかったら争いの種にもなりかねないしということで一大決心をして、友達みんなに少しずつ分けて一緒に舐めることにしたのです。

鈴木　偉いわ。誰にでもできることではないと思います。

樋口　あー、馬鹿なことをしたと後悔しきりでしたが、我が人生の歴史上に残る英断を機に、私は友達の信頼というものを受けるようになった気がいたします。それればかりか卒業してから何十年も経って行われた同窓会の席でも、クラスメイトが口々に「あなたがあの時にくれたお砂糖の味が忘れられないわ」などと言ってくれましてね。独り占めしていたら「あの時の恨みが忘れられない」と言われていたかもしれませんね（笑）。

鈴木 素敵なエピソードですねぇ。

水洗トイレに恋をして

樋口 これはあまり大きな声では言えませんけれど、小学校の校長が凄腕だったのでしょう。我々の学校だけで上林温泉ホテルを貸し切りにしていたのです。さすがにベッドは収容人員が多かったので使えず、床に布団を敷いて雑魚寝をしておりましたが、なんとトイレが水洗だったのです。

鈴木 まぁ。当時、私などは水洗のお手洗いの存在さえ知りませんでした。

樋口 長野電鉄が運営する「上林温泉ホテル」と「奥志賀高原ホテル」にはあったのですよ。東京でも日本橋の三越とか、帝国ホテルはすでに水洗のお手洗いでしたね。私は親に連れられて帝国ホテルへ行った時に、生まれて初めて水洗トイレというものに遭遇し、清潔感と高級感とエキゾチックさに魅せられ、合理的な機能に感動して水洗トイレに恋をしました。

鈴木　水洗トイレに恋を（笑）。

樋口　それくらい衝撃的だったという意味なのですけれど、かくなるうえは絶対に水洗トイレのある家に嫁ごうと決めたのです。でも何度か使っているうちに、だんだんと考えが変わってきましてね。これから一所懸命に勉強して、大学へ進学して、自分で稼いで、自力で水洗トイレのある家に住もうというふうに方向転換したのです。

鈴木　水洗トイレが及ぼした影響は多大だったのですね。私、これまでにずいぶんとたくさんの方と語り合う機会を得てきましたが、水洗トイレに背中を押されて人生を切り拓いたという方に初めてお目にかかりました。

樋口　まことにお恥ずかしい限りでございます（笑）。

すいとんを食べてお皿の底まで舐めた

鈴木 疎開中の食糧事情はどのような感じでしたか？

樋口 こればかりは、いかに校長が凄腕であってもどうにもなりませんでした。

鈴木 私は今も、あのひもじさを耐え抜いてきたのだから、どんなことにも耐えられると思うことがあります。それくらい厳しい食糧難でした。

樋口 学童疎開をしていたある日、すいとんが食卓に並びましてね。とろみのついた甘い汁がかかっていて美味しかったのです。食べ終えるとお皿の底にまだ汁が残っていて、私は家庭では「決してやってはならない」と厳しく言われていた掟を破りました。

鈴木 お皿を舐めた、のですね？

樋口　はい。一滴たりとも残すまいとペロペロ舐めました。気づけば中流家庭で育った行儀のいい友達も、みんなペロペロしていたのです。日頃は礼儀作法に厳しい先生も見て見ぬふりをしてくれていましたね。

カボチャを一生分食べた

鈴木　疎開する前、東京ではどうでしたか？

樋口　貧しい食生活に陥っていました。私はあの時期にカボチャは一生分食べたので、大きな声では言えませんけど、もう食べなくてもいいくらいに思っております。我が家では母が近所の農家からカボチャの苗を入手することに成功して庭先の畑で育てていたのです。家の中にカボチャがゴロンゴロンと転がっていて、今日もカボチャかと。母は自分の裁量で家族を飢餓状態から救ったと自負していましたけれど、畑の土が痩せているし、植えたら植えっぱなしで。

鈴木 外で農作業なんかしていたら、敵国の飛行機から機銃掃射されてしまいますからねぇ。

樋口 とにかく味もそっけもないカボチャでした。

鈴木 でも貴重な栄養源だったはずで、お母様は優れておられたと思います。私の場合はカボチャではなくサツマイモでしたが、サツマイモは宝物でした。

樋口 ええ、感謝しなければいけませんね。ただ、あの当時、野菜は買うこともできたと思います。農家の人が荷車に野菜を積んで青果市場へ運んでいましたから。荷車いっぱいの野菜が2円だと聞いたか、4円だったたか。

鈴木 もっと高くても売れたでしょうに。

樋口 お百姓さんは販売ルートを持っていなかったので、小売業者が農家から格安で野菜を買い取って高く売っていたのではないかなと想像しています。どさくさに紛れて儲ける人というのが、いつの時代にもいますからねぇ。

鈴木 それさえも、だんだんなくなって。飢え死にしなかったのが不思議なくらいです。

樋口　このところ食料品の物価が上がって家計を圧迫しているという問題が浮上していますが、人は粗食で十分に生きていけるのではないかと思いますね。

スーパーへ行くと物があふれていて日本も豊かになったなぁと思う反面、こんなに豊かでなくてもいいのではないか？　と、何やら不安になるのです。

鈴木　本当にねぇ。豊かな暮らしに慣れてしまうと、戦争に限らず、災害などで被災した時に厳しい思いを強いられることになってしまいがちで。コロナもそうでしたが、何が起こるかわかりませんから。ただ、「みんなそうならしょうがないか」と思えたら心は楽なのです。戦時中は「誰もが苦しいのだから」と思うことで、耐乏生活を乗り越えることができたのではないでしょうか。

樋口　それはあるでしょうね。でも今は格差社会で、戦時中とは違った意味で生きづらい時代といえそうです。

日本が敗戦した日のこと

鈴木　1945年の8月15日に終戦を迎えましたが、あの年はいよいよアメリカ軍の日本全国への空襲が開始され、まったく生きた心地がしませんでした。私は13歳でした。

樋口　子供でしたから当時は知る由もなかったのですが、アメリカ軍は6月に沖縄を占領し、7月に日本の降伏を求めるポツダム宣言を発し、これに対して日本が黙殺したということで。その流れから広島、長崎への原子爆弾投下という悲劇が生じ、日本は敗戦に追い込まれてしまったわけですね。

鈴木　誰もが日本は勝つと信じていたのに……。

樋口　負けるとは思えなかった。日本人は健気でしたね。

鈴木　私は昭和天皇の玉音放送を自宅で聞きました。お座敷に家族と、その後ろに家で働いてくれていた男衆と女衆も並んで。私には天皇陛下が何をお話になっておられるのか理解できませんでしたが、大人達が畳に頭をつけて号泣しているのを見て、日本は負けたのだと察しました。

樋口　私は兄が結核で亡くなり、クラスメイトより一足先に疎開先から東京へ戻っていたのです。終戦の日はお隣のお宅で両親や女中さん達、それから近所の方々も一緒に玉音放送に耳を傾けておりました。細かな記憶は曖昧ですけれど、お隣の奥様が「どうも日本は負けたらしいねぇ」と言ったことだけはハッキリと覚えています。

鈴木　忘れるわけがありませんよね。

樋口　ええ。ただ私は「ああそうなんだ」と淡々と受け止めていました。というのも兄が時局に対して批判的なことを言っていたのです。兄は中学受験で希望の府立中学を落ちて、私立校に進み、一学期を過ごしたところで都立中学の編入試験を受けて合格したという経緯をたどりました。希望していた府立中学に落ちた理由というのが、内申書に「批判的精神が強く、時局に対する理解なし」と書かれていたからだということがわかっております。私は兄のことを優秀な人だと尊敬していたので、多少なりとも影響を受けていたのでしょう。日本が負けたと知った時も「日本が負けるなんて」と愕然とするというよりは、「ああ、兄の言っていたことが現実となってしまった」という感じでしたね。戦争体験を通して私が一番強く感じたのは、思想の自由の大切さだったように思います。

戦後のほうが生きづらかった

鈴木　戦争中も厳しかったけれど、私は戦後のほうが生きづらかったように思うのです。

樋口　日本は敗戦国となったわけですからねぇ。戦時中、私が疎開先から家に戻って思ったのは、「食べ物もないのに家にいるというのは、つまらないものだなぁ」ということでした。普段は女中部屋だとか台所へ行くと親に叱られましたけれど、私は空腹でゴソゴソと落ち着かず……。でも何とかそれなりに食べていたんですよね。というのも、当時は「あの家は食事を提供してくれる」という評判がなければ女中さんが来てくれませんでしたので。うちは女中さんがみんな長続きしていたところを見ると、粗末ではあっても、とりあえず食うには困らなかったのではないかなと思うのです。

鈴木　私の家庭にしても恵まれていたほうかもしれません。我が家ではヤギを飼っていたので、ヤギ乳を飲むことができました。

樋口　それは恵まれていたほうどころか、格別に恵まれておられたと言えるのではないでしょうか。私が結核にかかった当初、母は八方に手を尽くして牛乳を飲ませてくれたのですが、終戦近くなると入手できなくなって、そうなってからはヤギ乳を飲んでました。でも手に入れるのは簡単ではありませんでしたよ。母がヤギを飼っておられる家に行って、「一人娘が死にかけておりまして」とか言いながら懇願して、売ってもらったというのではなく、家にあるものと物々交換していたと思います。終戦直後はそれさえもままならなくなって。

鈴木 うちは農地などを所有していたのですが、戦後、住んでいた土地以外はほとんど剝奪されてしまいました。現在、我が家の田んぼだったところに下田駅が建っています。

樋口 まぁ、呆れた。広大な土地を剝奪されて。

鈴木 下田駅ができた時、私は母に「あの土地が残っていたら我が家は財産家になっていたわね」と言ったのです。すると母の形相がグッと変わって「うちは戦争中に誰一人として命を落とさなかったのだから、土地を取られるくらい当たり前です」と咎められてしまいました。

樋口 頭が下がりますね。でも私は若きシスターの感覚に一票。私なら下田駅を見るたびに「あの土地があれば幾らになっただろう」と考えて、悶々としてしまいそうです（笑）。

それまでの価値観がガラリと変わって

樋口　シスターは敗戦の時には中学2年生だったのですね？

鈴木　地元の中学に通っていました。家の土地が剝奪されたということ以上に衝撃的だったのは、価値観がガラリと変わったことです。終戦の年、夏休みが終わって学校に行った日にやったのは、教科書を墨で塗るという作業でした……。

樋口　進駐軍から「教科書のうち戦争の意識を高めるような文章のところを墨汁で塗りつぶして読めないようにするように」という命令が下されたのですよね。

鈴木　軍国主義を表する箇所を墨でつぶしたら、教科書が真っ黒になってしまいましたよね？

樋口　それが、私は墨塗りの作業はしていないのです。終戦の年の4月に都立第十高等女学校（現・豊島高等学校）の併設中学校に入学しました。でもまだ戦争が続いていたので、警報サイレンが鳴ると校庭の片隅にある防空壕に駆け込むといった日々が続き、勉強するという感じではありませんでした。そのうえ、私は初期の結核にかかり、入学してしばらくした頃から1年近く入院しておりまして、翌年の4月に1年生からやり直したのです。つまりシスターとは2学年の差が生じたわけですね。同年生まれであってもこの2学年の差は大きく、シスターは経験されたけれど、私は経験していないことがあるように思います。

鈴木　私は墨で真っ黒になった教科書を見て、大事にしていたものが全部否定され、心が空洞のようになってしまいました。先ほどもお話ししましたけれど、終戦直前に友達が機銃掃射で撃たれて目の前で亡くなったというのもトラウマになっていましたし。地元の女子高に入ってからも、ある夏の日に天皇陛下の御真影に最敬礼して校舎へ入った人を窓から見ていた教頭先生が、「未だに天皇陛下の御真影に向かってお辞儀をしている馬鹿者がいる」と言ったのを聞いて、大きなショックを受けました。

樋口　戦時中は天皇陛下の御真影に最敬礼しなければ、教師から大目玉をくらったものでしたけれど。

鈴木　先生と呼ばれる人の価値観が１８０度変わってしまうなんて、自分はこれから誰を信じて生きていけばよいのだろうと、人間不信に陥ってしまったのです。これまで自分が大事にしていた価値観に替わるものは何かと考えたのですが、いくら考えても見つかりません。そこで永遠に変わらない価値あるものを求めて大学へと進みました。私の思春期は模索の中にあり、彩りのあるものではなかったように思います。

人はみな、自由に生きる権利がある

樋口　私も価値観がガラリと変わったのは感じていました。ただ父も含めた周囲の大人が比較的リベラルで。これは特殊な感覚だったかもしれませんが、私は戦争が終わったのだから変わるのは当たり前だというふうに、ドライに捉えていた節があります。

鈴木　2学年の差もあったかもしれません。私の妹は、私ほど価値観が変わったことに戸惑ってはいなかったように思いますから。

樋口　私は結核が完治して始まった中学生活も謳歌しました。演劇部に所属して発表会で「小公女」をやることになって、練習に励んだことなどが印象的です。小公女役には抜擢されず、小公女をいじめるミンチン先生の役をあてがわれたのが不満ではありましたけれど（笑）。

鈴木　活発でいらして。

樋口　高校時代はもっと楽しかった。設立されたばかりの新聞部に所属して、初代編集長を務めました。とにかく自由を満喫して。これは私が通っていた東京女子高等師範学校付属高校女学校の校風によるところが大きいのですが。

鈴木　今のお茶の水女子大学付属高等学校ですね。

樋口　はい。東京女子高等師範学校付属高校女学校というのは、当時から、うーん、何と言いましょうか……。

鈴木　優秀な女性が集う学校でしたね。

樋口　まぁハッキリ言ってそうなのです。それで思い出すのが同級生のお父上を口説き落とした一件。その同級生というのは大きな文房具屋さんの娘でしたが、お父上はご商売を中心に考えておられたのでしょう。大学に進学しなくていいという方針で、短大へ進学したいと考えていた彼女は深く悩んでいたのです。そこで私は嘆願書をしたためました。

鈴木　若い娘さんが書く嘆願書がどのようなものだったのか大変興味があります。何を書いたか覚えておられますか？

樋口　「御父上様。貴家ご令嬢様は、特に国文学においては他に続く者がないのではないかという説も流れるほどに優秀でいらっしゃいます。聞くところによると、父上様は高校卒後は、すぐにお勤めに出て実務を学ぶようにと仰せられ、それも確かに大事なことではありますが、ご令嬢はもし短大を卒業したならば父上の仰せに従うと申しております。私をはじめ友人各位は、このところ一週間に渡り、ご令嬢の行く末のことについて語り合い、相当な時間をつぶしてしまいました。それというのもご令嬢の性格温厚、沈着冷静なお人柄の賜物によるものです。ご令嬢は尊敬するお父様のご意向に背くことはできないというお心もお持ちですが、そこを何とかお汲み取りいただきまして」とか何とか。

鈴木　パチパチ（拍手）。文面までよく覚えていらして。

樋口　言葉を選びながら苦労して書きましたから。そのうえでクラスメイトの署名を集めました。

鈴木　すごいですね。それで結果はどうなりましたか？

樋口　彼女に「お父上に見せる勇気がなければやめていいのよ、あなたの人生なのだから」と言って嘆願書と署名を渡したところ、「ありがとう」と言って泣き出してしまって、「父に見せます」と。その結果として短大へ進学しました。私はいたずらで、先生の帽子を隠して、探し回る先生の様子を陰で眺めて楽しんだりと、いろいろな悪事を働きましたけれど、あの一件に関しては善きことをしたと自負しております。

鈴木　聞いているだけでスカっとしました。

樋口　人はみな自由に生きる権利がある。勉強したい人が大学進学を望んで何が悪い。女性だからという理由で夢を阻むのは、戦時中につくられた男は戦地へ、女は家庭を守るという分業制の悪しき名残ではないかと、私は考えていたのです。つまり戦争時代の空気を一新したいと、私は私なりに喘いでいたのではないかと思います。

第3章

女性が学ぶということ

シスター達の知られざる生活

樋口　今日は二回目の対談ということで、広尾の聖心女子大学へ伺っておりますが、素晴らしい環境ですねぇ。シスターが女子大生として入学なさった時からこんなに綺麗なキャンパスだったのですか？

鈴木　そうです。旧久邇宮家本邸の跡地に造られましたので。敷地の真ん中に建っていた「パレス」と呼ばれている立派な伝統的日本建築は、当時のものを修復しつつ隅のほうへ移動させ、それから正門も保存されています。私は18歳で寮に入った時から数えると、もう75年もここで暮らしているのですけれど、飽きることがありません。季節の花を眺めたり、たくさんの種類の鳥が代わる代わるやってきて可愛い声で囀《さえず》るのを聞くのが楽しみで、毎日が新鮮なのです。

樋口　とても都心にいるとは思えませんねぇ。ところでつかぬことをお伺いしますが、シスターはこちらの修道院でどのような暮らしをしておられるのですか？

鈴木　朝は5時に起床して、身支度を整えてキャンパス内にある聖堂へ向かいます。私達シスターの一日は、1時間の祈りと30分のミサから始まるのです。その後、修道院で一緒に暮らすシスター達と朝食をとり、学校で教えたり、ボランティア活動や、今日のように本を作るために対談をしたり、取材を受けたり、執筆をしたりという仕事をこなして過ごします。

樋口　テレビなどはご覧になるのですか？

鈴木　お笑い番組は観ませんが、世の中の動きを知るためにニュース番組を主に観ます。たまにはワイドショーも観ますし、映画を観るのも好きです。夕食は18時半からと決まっておりまして、19時半から1時間ほどお祈りをして、自分の部屋へ戻り、本を読んだり、メールのチェックをしたり、入浴をして22時半くらいには就寝します。

樋口　休日というものはないのですか？

鈴木　毎日のお祈りがシスターの務めだという意味では休日はないのですけれど、お祈りはどこででもできます。ですから親戚の家へ行ったり、親しい人と外食を共にしたり、旅行をしたりすることもできるのです。一般の方とあまり変わりのない暮らしをしているのですよ。

樋口　そのお話を伺って安心しました。修道院は私のような俗にまみれた人間が足を踏み入れてはいけないところなのではないかと考えていたものですから。その実、こちらに伺ってみたいとずっと思っていたのです。

鈴木　まぁ嬉しい。

樋口　私は大学時代、新聞研究会（現・社会情報研究所）本科で学びまして。当時は大学内で自由にお弁当を広げられる施設もないという侘しいものでしたので、

学生新聞に「学園に生活は有るか」と題した長い長い記事を書いたりしました。男子生徒はバンカラですから、そういう学生生活の向上には目が向かないのです。それで、あなたの記事は新鮮だと褒められはしたけれど、「お恵ちゃんは、やっぱり女性なんだね」なんて言われて、「当たり前じゃないか、何だと思っていたのだ」と（笑）。その一方で、女は呑気だと皮肉られているような気もして男女差別の匂いを感じ取ったりもしていました。

鈴木　ああ。それで、その学生新聞と聖心に何かつながりがあったのですか？

樋口　そうそう、なぜ私がこちらに来たかったのかという話でしたね。詳しい経緯については忘れてしまいましたが、ある時期、東大にも女子専用の学生寮が必要だという動きがありました。男子寮はすでに駒場や三鷹にあったものの、女子寮がなかったのです。

鈴木　なるほど、新たに女性を受け入れるとなると、そういう問題が起こるわけですね。

樋口　その折に聖心女子大学の寮を取材しようということで、要するに私は学生時代にこのキャンパスへお邪魔したことがあったのです。

鈴木　すると東大初の女子寮は、私が暮らしていた学生寮を参考にしてつくられたのですか？

樋口　女子寮をつくるスタッフと一緒に港区白金の物件を見に行ったという記憶もあります。結局、女子寮は白金に開設されたので、治安の良い場所に決まったのは聖心の女子寮の影響だったのかもしれません。それにしても懐かしい。当時、取材をしたあの寮にシスターも暮らしておられたのかと思うと、不思議な気持ちがしてきます。

鈴木　キャンパスですれ違っていたかもしれませんね（笑）。

女性が東大へ行くという発想がなかった時代

樋口　聖心には寮が完備されていたとはいえ、そもそも地方から東京の大学へ行こうと考える女学生はまだまだ珍しい時代でしたよね。

鈴木　そうですね。私は地元の女子高に通っていましたが、同学年80人のうち、大学へ進学したのは私を含めて3人だけでした。

樋口　私の高校では、短大へ行った人も含めると、ほとんどと言っていいくらいの進学率でした。東京ですからねぇ。自宅から大学へ通えるというのは大きなメリットでした。

鈴木　中でもお茶の水女子大学の付属高校というのは特殊で、国立大学を視野に入れていた方もたくさんおられたのではないかと思います。下田のような田舎では感覚が違いました。私には国立大学へ進学するという発想はありませんでしたし、私以外の2人も女子大へ進学したのです。

樋口　当時、女子大といえば、お茶の水女子大学、東京津田塾大学、東京女子大学、日本女子大学と聖心女子大学。

鈴木　そうです、そうです。5つしか選択肢がありませんでしたけれど、それぞれに特色がありました。お茶の水は教師養成、津田はビジネスウーマン、東京女子大は教養ある女性の育成、日本女子大には主に地方の裕福な家の子女が集まり、聖心は親御さんの仕事の関係で海外へ渡って帰国した、いわゆる帰国子女を受け入れていたのです。

樋口　いずれも難関でしたよね。この人は絶対に受かるだろうと思われた上級生が、希望していた女子大に落ちてしまったという話をよく耳にしました。

鈴木　そんな中、樋口さんは東大にお入りになって。どちらの学部だったのですか？

樋口　文学部美学美術史学科です。東大が設立されたのは1877年ですが、初めて女性が入学したのは1946年。私は5期目だったのかしら？　とにかく先輩に東大初の女性教授になられた社会人類学者の中根千枝さん、労働省の婦人局長として1986年に施行された男女雇用機会均等法の成立に尽力し、「均等法の母」と呼ばれた赤松良子さんなどがいました。ただ少々複雑で、旧制と新制があって、たとえば赤松さんは津田塾大学を卒業なさってから、東大の法律学部に入り直されたのではないかと思います。

鈴木 私は大学受験を考えていた当時、女性が東大に入れるなんて知りませんでした。国立大学には、東北帝大、東京文理大、北海道帝大、広島帝大、大阪帝大、それから九州帝大がありましたが、女性が正式に入学できるのは東北帝大だけだと認識していたのです。

樋口 九州帝大も早い段階で女性を受け入れていたと思います。

鈴木 そうでしたか。

大学へ行ったから〝偉い〟わけではない

樋口 東京大学が女性に門戸を開いたということは新聞に出たはずですが、我が家でも当初は父が「恵子はお茶の水女子大学を出て、そのあと東北大学へ行くといい」と勧めてくれていました。私はその時、「ふーん」とか適当な返事をしていたのですけれど、ちょっと嬉しかったのです。

父は兄のことを「ぼぅ」と呼んでいて、どこに行くのも「ぼぅを連れて行く」、何を食べるのでも「ぼぅが先だ」と兄ばかり贔屓《ひいき》していたのですけれど、一つだけ許せるのは「お前は女だから」と差別されなかったこと。父の考古学や歴史学における個人的なお弟子さんの中に、学習院大学の教授になった女性がいたのです。その方は東京女子大を出てから、東北大学へ入って学びました。だからでしょう。女性には学問はいらないなどとは断じて申しませんでした。

鈴木 お父様は進歩的なお考えだったのですね。

樋口 シスターのお父様も十分に進歩的ではありませんか。可愛い娘が家を離れて大学で学ぶということに対して理解を示してくださったのでしょう?

鈴木 心配だったと思います。何しろ自宅のあった下田から伊東までバスで12時間、さらに伊東から電車で東京まで5時間くらいかかったのですから。

樋口 そんなに! 今で言えばニューヨークへ留学させるようなものじゃありま

せんか。

鈴木　そうなのです。ただ母の従妹が東京女子医大を出て医師になっていたものですから。

樋口　あら娘の先輩だわ。

鈴木　お嬢様はお医者様ですか？

樋口　ええ、放射線科の医師をしております。でもシスターの御親戚は先駆者ですねぇ。私達の親世代の女性で医者になるというのは超越しています。

鈴木　母の従妹に弁護士になった女性もいましたので、私が大学進学を望むことに対して父が抵抗を示すことはなく、むしろ応援してくれました。

樋口　育った環境というのは大きいですよね。今もそれは変わりませんが、あの時代は特に、いかに優秀でも親が封建的なせいで道を閉ざされたという女性が多かった。私の場合は、家庭の中に学問というものが存在していたのがよかったと思います。

鈴木　それから生まれた年ですよね。もしも何年か早く生まれていて、戦争中に大学進学の年齢を迎えていたら、私はおそらく諦めていたと思います。ですから戦前、戦時中、戦後と苦労はしたけれど、ギリギリのところで未来への希望をつなぐことができたことに私は感謝しています。

樋口　もっとも大学へ行ったからといって偉いとは思いませんけれどね。

鈴木　そうです。中学を卒業なさって社会に出られた方の中にも立派な方はたくさんおられます。真の聡明さというのは学問を積むこととは別のところにありますね。優しさや思いやりの心を持って、自分なりの人生を切り拓いていくことができる人はみんな偉いと思います。

樋口　どうも高学歴の人の中には、人間力という視点から見ると偏りのある人が目立つなぁと感じるのは私だけでしょうか？

鈴木　学問を習得する機会に恵まれた人は、備えた知識を社会に還元することが使命だと私は思うのです。それなのに自分は優れているのだと傲慢になったり、人を見下したりする人は、社会性に欠けていると言えるでしょう。でも真に聡明であれば、いずれ自分の欠点に気づきます。誰の人生も最後の最後までレッスンの連続ですから、その意味で人生というのは平等だというふうに感じます。

人生はほんのちょっとで変わる

樋口　シスターは、最初から聖心女子大学を目指しておられたのですか？

鈴木　高校時代に聖心出身の先生がいて、これからは国際社会を念頭に入れ、英語をマスターしたほうがいいと話してくださったのです。そこで聖心女子大学と、もう一つ、東京女子大学を受けました。両方受かりまして、本当のことを言うと当初は東京女子大学にしようと考えていたのですが、学生寮がいっぱいだということで。一人暮らしはダメだと両親に言われて聖心にしました。でも私は聖心での寮生活を通じてシスター達に触れたことで、その後の人生が変わりました。だから、結果的によかったのです。

樋口　東京女子大の寮に空きがあったら聖心へは行かず、シスターになることもなかったということですか。人生というのは、ほんのちょっとのことで変わるものなのですね。

鈴木　出会った人によって変わることもあるのではないでしょうか。私は大学生活が始まってすぐに親しくなった友達の話に、大きな衝撃を受けました。その友達は幼稚園から聖心に通っていたのですが、戦時中のある日、教室でシスターによる神様の話を聞いていたところ、突然、陸軍の憲兵隊がドヤドヤと入ってきて、シスターを後ろへ押しのけ、「こんなヤツの言うことを聞く必要はない」と言い放って出て行ったそうです。

樋口　第二次世界大戦の末期には、キリスト教の信仰を理由に逮捕された人もいたという話を聞いたことがありますけれど……。ドヤドヤと憲兵隊が入ってきて、荒々しい口調で言われたら震えあがってしまいますよね。

鈴木　ところがシスターは静かに前へ歩み出て、何事もなかったかのように神様の話をお続けになったというのです。

樋口　すごいものですねぇ。やはり厳しい修行をしてこられた方は腹の座り方が違います。野蛮な憲兵隊のことなど相手にしていなかったのでしょう。

鈴木　友人からこの話を聞いた時に、戦後に価値観がガラリと変わってしまった世の中で、変わらないものとは何か？　何を信じていけばよいのか？　と惑っていた私は答えを見つけたのです。戦争があろうがなかろうがシスターの姿勢は変わらない。それは神様が本当にいらっしゃるからなのに違いない。神様の存在を信じているからこそ、シスターは惑うことなく生きていけるのだと確信しました。

樋口　同じ頃、私などはなーんにも考えていませんでしたが、やはりシスターは心の根っこのようなものが人並外れて純粋でナイーブ

なのですね。友達から聞いた話の中に、自分が求めているものを見つけるノーブルな感性に私は驚きました。

聖心での授業はすべて英語だった

鈴木　私は聖心での教育のありように驚きました。学長はマザー・ブリッドというアメリカ人のシスターで、授業はすべて英語で行われていたのです。それこそニューヨークへ留学したのと変わらなかったのです。

樋口　へぇ〜。授業がすべて英語とは。

鈴木　当時はまだ日本が貧しい時代でしたけれど、卒業する前には、図書館の机の上に真っ白なテーブルクロスを敷いて、帝国ホテルから給仕さんを呼んできて、学生たちは全員お振袖を着てテーブルマナーを教わりました。これから外国へ行って、あちらの外交官などと同席した時にオドオドしないために、ひいてはきちんと自立して生きていくために正式なマナーを身につけておくべきだということで。

樋口　我が家は貧乏寺の息子だった父が学者として生計を支えていたわけで、よく見積もっても中流家庭でしたから、娘を聖心へ進学させることはできませんでしたね。「恵子は聖心へ行くか」と父が言わなかったはずです（笑）。それにしても女性の多くがモンペ姿でウロウロしていた頃に、お振袖の支度ができるというのは尋常ではありません。一体、どういうご家庭のご令嬢がいらしたのですか？

鈴木　進駐軍の偉い方々のご令嬢達が20名くらいいました。日本人の先輩には国際政治学者であられた緒方貞子さん、それから日本カトリック学校連合会の理事長を務められ、『置かれた場所で咲きなさい』（幻冬舎）などの著書で知られる渡辺和子さんがいらして。緒方さんのお父様は外交官でしたし、渡辺さんは陸軍教育総監の娘さんでした。

樋口　陸軍教育総監といえば、陸軍大臣、参謀総長と並ぶ「三長官」ですから、お嬢様中のお嬢様ですよ。とにかく学習院と雙葉と聖心といったら貴族の学校でした。良家へ嫁ぐために教養を磨くというのが目的で入学なさる方が多かったのでしょうか?

鈴木　どうでしょう。親御さんはそうだったかもしれませんけれど、聖心の同期生にはビジネスウーマンになった方もたくさんおられますので。

樋口　勉強は大変ですからねぇ。在学中にせっかく身につけた教養を社会の中で活かしたいと考えるようになる人もいたことでしょう。学ぶ機会を得ることの素晴らしさは、選択肢が増えて夢が広がるという点にあると思うのです。

鈴木　おっしゃる通りだと思います。どんな人生が待ち受けているかわかりませんからねぇ。

大嫌いだった人も今は「同志」と思える

樋口 上皇后美智子様も聖心のご出身でしたね。

鈴木 美智子様は私の妹と同級生でした。教室ではアルファベット順に並んで座りますが、美智子様の旧姓は正田さん、妹は鈴木で隣同士に座っていたということで、妹は今も親しくさせていただいています。私は作家の曽野綾子さんと出会い、生涯の友となりました。先ほどお伝えした授業中に憲兵隊が入ってきた時の話をしてくれたのは曽野さんなのです。

樋口 私、曽野さんって大嫌いだったんですよ。

鈴木 えっ？ 今、何とおっしゃいましたか？

樋口 曽野綾子さんが大嫌いだったと申しました。あの方はお澄ましさんで、いい子ぶっちゃって、なにさ、と若い頃は思っていたのですけれど、ある時から大好きになったのです。

鈴木　ああ、よかった。何かきっかけがあったのですね？

樋口　あれは3年ほど前だったでしょうか。周囲の人が「曽野さんが新刊本の中で樋口さんのことを書いておられますよ」と言うのでビックリして、さっそく読んでみたのです。すると以心伝心といいますが、曽野さんも「お若い頃の樋口さんのお書きになるものは、私と視線の方向性が違い過ぎてついていけなかった」と綴られていました。

鈴木　あらあら（笑）。

樋口　ところが私の人生相談の回答を見て、見直したという展開で。すっかり嬉しくなってしまいまして。

鈴木　できればもう少し具体的にお話を伺いたいのですけれど。

樋口　新聞の人生相談の話だったのですけれど、80代だという相談者は「家族もいるし、経済的な不安もないけれど、無性にさみしい、どうしたものか？」と悩んでおられたのです。このことに対して私は「自分もさみしい。しかし死に近づいて行けばさみしいのは当たり前なのではないでしょうか？　この世に惜別の情が深い人ほど人生は楽しかったと思いましょう」と回答をしたのですけれど、これに曽野さんも共感してくださって、そのうえ実に深いと褒めてくださって。「幸福な時もあったという同じ人が、必ず深い黄昏に入っていく時期を迎える。それでこそ人生は完熟するのだ」といった言葉でエッセイを締め括っておられました。曽野さんとは互いに意気盛んな頃には相容れない部分があったわけですけれど、年を重ねると心が同じところへと向かうものなのですねぇ。

鈴木　いいお話です。

樋口　私は曽野さんに一本取られたと思いましたね。気が合わないと決めつけて、一歩も歩み寄ろうとしなかった自分はなんて愚かだったのだろうと感じました。今となれば同じ時代を生きてきた同志。同世代に曽野さんのような聡明な女性がいるということは励みになりますし、何といっても尊敬できる人がいるというのは心強いです。

鈴木　そうですよね、本当に。

竹馬の友との絆は家族を超える

樋口　それにしても、シスターと曽野さんが親友同士だったとは。

鈴木　学生時代に私は寄宿舎生活を送っていましたから、休日にはどこかへ行きたいわけです。それで曽野さんのお宅へよく遊びに行っていました。蚊帳の中で夜遅くまで話をしたりして。当時、彼女はのちに結婚した三浦朱門さんのことばかり話してました。いかに素敵かと。

樋口　あら、面白そう。

鈴木　私はいつもグゥグゥ先に寝てしまったので、あまり覚えていないのですが。だって人の恋愛話なんて興味がなかったので（笑）。

樋口　アハハ。いずれにしても学生時代の親友というのはきょうだいみたいなものですよね。

鈴木　東京に暮らす私の知人の娘さんは札幌の聖心に入学して、6年間寄宿舎で過ごしました。卒業後、結婚したのですが、ガンを患ってしまい一時はどうなることかという感じだったのです。その時に、親よりもきょうだいよりも心配して、いろいろと手を尽くしてくれたのは寄宿舎時代の友達だったそうです。誰かが離婚してシングルマザーになったということがあれば、みんなで手分けして子供を預かったり。学生時代の友達の絆というのは強いなと感じます。

樋口　ええ。私の最初の夫は糖尿病性昏睡に倒れて、わずか5日で死んでしまいました。私が31歳の時でしたが、あの時は泣きました。もうおかしくなってしまうのではないかというほど。その時に、心配して中学時代の友達や高校時代の友達が来てくれましてね。でも聖心の方々のように慈悲深かったかしら？　わりと厳しいことを言われましたよ。「いつまでも泣いてちゃダメよ」とか「あなたには娘がいるのだからしっかりして」とか。「大丈夫よ、あなたには仕事があるのだから」と言われたのも忘れられません。でもおかげで私はハッとして立ち上がることができたのです。ことさらに同情的でなかったのが、私としてはかえって楽だった気がします。

鈴木　それも、幼馴染みならではの「阿吽《あうん》の呼吸」ですね。

樋口　竹馬の友には世にも情けない自分も晒していますし、今更気取ってもね。素の自分で向き合える人がいるというのは癒しになると言いましょうか、とにかくありがたい存在だと思います。

女性が大学で学べるようになったが…

鈴木　樋口さんの東大時代のお話も伺いたいです。同じ学年に女性は何人くらいらしたのですか？

樋口 50人ほどおりました。

鈴木 そんなにたくさん？ 私は2、3人なのかと思っていました。

樋口 文学部だけでなく、法学部や医学部などもあるわけで、男女合わせた全体の人数が3000人で、そのうち女性が50人ですから、いないも同然でしたよ。でも私はわりと派手な服装をしてキャンパスを闊歩していたので目立っていたのでしょう。男子学生が目ざとく見つけて、私の前へ回ってくるんですよ。ところが、みんなパッと私の顔を見るなりガッカリするの。あんまり頭に来たので、後ろから男子生徒が来ているなと察すると速足で歩いて、追いかけさせるだけ追いかけさせた挙句に、パッと振り返るといったことをして楽しんでおりました（笑）。

鈴木 それはユーモアにあふれたご謙遜だと思いますが、男女共学ならではのエピソードですね。

樋口 総じて男の学生は優しかったですよ。といって女性だからと特別扱いされることもなく、共に勉学に励む仲間として意見交換をしたり、さまざまな文学論を交わしたり、世論に対する批判をしたり……。東大に来るような学生は理屈っぽいなと辟易したりもしたけれど、私も負けてはいませんでした。「私はこう思う！」なんて息巻いちゃってね（笑）。でも、こういう考え方もあるのかという学びもたくさんあって、一言でいうならば刺激的な毎日でした。

鈴木 私も大学生活は楽しかったです。いいお友達がたくさんできましたし、尊敬するシスター達との出会いも、私に生きる希望や勇気を与えてくださいました。

樋口 勇気といえば、シスターが洗礼を受けたのは大学3年生の時だったと話しておられましたが、それなりの勇気が必要だったのではありませんか？

鈴木 大学に入った時は、自分が宗教者になりたいと希望するようになるとはゆめゆめ思っていませんでした。けれど、シスター達の生きる姿勢に触れ、神様を信じて生きていこうと決めてからは、戸惑いも迷いもありませんでした。

樋口 「私はシスターになります」と、どなたかに宣言なさるのですか？

鈴木 当時、聖心にはソーブール・カンドウ神父という教授がいましてね。

樋口 お名前だけは存じております。新聞にコラムを寄せておられた神父様ですね。

鈴木　フランス領バスクのご出身でしたが、大変な親日家で……。ちょっと余談になりますけれど、カンドウ神父は人力車で新聞社などに通っておられて、人力車を引く車夫がこんなことを語っています。ある時、その車夫が「人力車を引くのが辛くてねぇ。でも仕事だからしょうがない」と後ろに座っていた神父様に愚痴をこぼしたそうです。やがて目的地について、カンドウ神父が降り際にくしゃみをしたので、車夫が「おや旦那、風邪をひきなすったのかい？」と声を掛けたところ、神父様は「生きてる限り、風邪をひくか、人力車をひくかのどちらかだよね」と言ったという。それほど日本語に長けておられたという話なのです。

樋口　日本人でもそんな気の利いたこと言えませんよ。どういう経歴をお持ちだったのですか？

鈴木　戦争で右足を撃たれて重傷を負い、そのために神父様は生涯右足が不自由でした。負傷して倒れていた自分の上を戦車が走って行ったという恐怖も味わったけれど、ちょうど車輪のスキマに倒れていたので命拾いをしたと。この時の体験から、自分の命は誰かのために生きるように、神様が救ってくださったのではないかと考えるようになったそうです。そして神父となり、やがて宣教師として来日されたのです。聖心では哲学の教授をしておられました。

樋口　ほぅ。

鈴木　ある時、カンドウ神父が廊下で杖を突いて立っておられて、私がその前を通りかかったところ、「どうした？」と声を掛けられまして。何を尋ねられたのかわからなかったのですけれど、咄嗟に「はい、洗礼を受けます」と答えました。

樋口　何か通じるものがあったということですか？

鈴木　私が決意していることを感じておられたのでしょう。何だか不思議なのですが、神父様に「洗礼を受けます」と言った瞬間に、戦後、永遠に変わらないものを求めても見つからず、これから何を信じて生きていけばよいのかと、心にポッカリと穴が開いたようになっている自分は、神様にお仕えすることより他にないのだと確信し、修道院に入ろうと思ったのです。

樋口　シスターは、まさに導かれるようにして修道女になられたのですね。お父上はなんと？

鈴木 猛反対でした。でも私の意志は変わらず、最後には父も認めてくれました。

樋口 自分の生きる道というものを10代で定めたというのは見事だと思いますね。私はフラフラとしていて。

鈴木 樋口さんはエリート中のエリートではありませんか。

樋口 周りが秀才だらけでしたから、とてもそんなふうには思えませんでした。でもフラフラしていたのは自分のせいばかりでもないのです。当時は変な時代でしたよ。中途半端だったといいましょうか。大学へ進学するというところまでは男も女もないというふうになりつつあったけれど、就職となると話は別で。私が通っていた高校の大学進学率は高かったとお伝えしましたが、１２０人の同期生のうち、最終的に就職した人は10人ほどしかいませんでした。

鈴木 そうでしたか、意外に少ないですね。当時、４年生の大学を出た女性は就職難に陥っていたのは知っているのですけれど、樋口さんのように東大へ進学した優秀な女性でも就職難だったのですか？

樋口 そうです。専門学校や短大を卒業した女性は、結婚までの腰掛け仕事だということが前提で採用されていました。でも4年生の大学を卒業した女性は、結婚しようとしまいと、専門的に学んだ知識を活かしてキャリアを重ねていきたいと考えていることがネックになって、多くの会社が採用を拒んでいたのです。

鈴木　それでは女性は何のために学ぶのかということになってしまいますね。

樋口　まったくその通りで、学んだことを活かして生きていきたいと考える女性が増えても、社会の受け皿が整っていないのでは話になりません。そういう矛盾の中を突き進むのは容易なことではなかったのです。

第4章

社会の中で自立心を養う

日本の女性の地位は世界の中でも低い

樋口　日本では女性を寺子屋にすらやらないという時代が続きましたけれど、女性が学べる環境をもっと早く、明治時代に確立していれば、日本はもう少し成熟した国になっていたと思います。

鈴木　でも明治維新の頃は、優秀な男性を育てて外国の強い国に負けない日本へ変革することに一所懸命だったわけですから。それがなければ日本の近代化は起こらず、現代の近代的な暮らしもなかった。そのことを思えば仕方のない側面だったのではないでしょうか。

樋口　それにしても家父長制が延々とのさばっていて。私は２０２４年の２月にお亡くなりになった赤松さんの言っておられた言葉が忘れられません。

鈴木　男女雇用機会均等法の成立に尽力され、「均等法の母」と呼ばれた赤松良子さんのことですね？

樋口　はい。赤松さんがつくづくと言っておられたのですよ。「超高層ビルのてっぺんに家父長制が居座ってる」って。もしかすると、このあたりのことはシスターとは違う視点で捉えているかもしれませんが、今もって日本の女性の地位は低く、世界146か国を対象にして行った調査の結果、日本は120位あたりをウロウロ。2024年度の発表では118位だったかしら？　これはどういうことかと分析すると、出遅れた分を取り戻せずにいるのです。

鈴木　男女雇用機会均等法が定められるのが遅かったことが尾を引いて

いるということなのですか？

樋口　ええ。女性は結婚して母親になるものと社会が決めつけていたので、就職したとしても「お茶くみ」とか「腰掛け」という認識で。上司から「おい、そこの君」とか呼ばれて名前も覚えてもらえないとか、女性には名刺はないとか、女性にだけ「早期退職」が設けられているとか。要するに優秀な女性が優秀さを発揮できるような環境ではなかったのです。

女性が自立して生きることの大切さ

鈴木　男女雇用機会均等法が成立したあとも状況は変わらなかったのですか？たとえば「うちの会社は女性の場合、35歳で退職してもらう」と社長が言っても、「女性は男性と同じ条件で働けると法律で定められています」と主張できたのではないかと思うのですけれど。

樋口　忘れもしない、男女雇用機会均等法が施行されたのは1986年、私が53歳の時でした。その頃には女性の社会進出が目覚ましくなっていましたけれど、相変わらず女性だけに「お茶くみ当番」が回ってくるといったことが続いていました。

鈴木　制度で決まっているのに、おかしな話ですね。

樋口　制度はできても慣わしは消えないのです。つまり日本国憲法がきちんと履行されていなかったというわけで、これも足かせとなり、日本における女性の地位向上はさらに遅れをとってしまったのです。

鈴木　慣わしは消えない。なるほど、確かにそれまで習慣化していたことを改めるというのは簡単ではありませんね。

樋口　悪気はないけどデリカシーもないんですよ。一概にはいえませんけれど、封建的な父親を見て育った世代の男性は、女性を一段低く見てしまう傾向にあります。そうでなければ「女性は産む機械だ」などという発想にはならないし、さらなるデリカシーのなさから失言をしてしまうわけで。低く見られているというのは心外であると同時に、職場などでは意見が通りづらくてやりにくい。

鈴木　赤松さんのような有能な女性の出現によって、女性の能力が認められていったのですね。

樋口　そういう面はあったと思います。でも一筋縄ではいかなかったのです。優秀な女性の出現により、男性が女性をライバル視するようになり、バリバリ働く女性は「女のくせに生意気だ」といった、男性社会の極めて感情的な差別によって苦しめられるということが少なくなかったのです。

鈴木　元国連難民高等弁務官の緒方貞子さんが聖心女子大学の先輩だったというお話をしましたけれど、緒方さんは、学長だったマザー・ブリッドのことを「これからの女性はどうあるべきかというビジョンを明確にお持ちで、非常に大きな影響を受けた」とおっしゃっていました。私達修道女もマザー・ブリッドから「自立した人でありなさい、知的な人でありなさい、協力する人でありなさい、どんな場においても社会に愛の灯を掲げる女性になりなさい」と教えられました。

樋口 マザー・ブリッドという方がおっしゃったように、職業婦人に限らず、すべての女性にとって自立して生きていくことは非常に大切だと思います。誰かに依存して生きることは自由を手放すことに通じますから。ところが昔は結婚以外に女性が生きる道はなかった。今でも世界の中には15歳になると親の決めた結婚をするといった風習が残っています。10年ほど前だったでしょうか。17歳という若さでノーベル平和賞を受賞したマララ・ユースフザイさんが、授賞式のスピーチで「女性が自分の意志で自由に生きていけるようにしよう」「どこの国でも女性が学校に行けるようにしよう」と呼びかけていました。教育は女性の可能性を拓くための出発点なのだと訴えるマララさんの信念の強さ、勇気、そして人々を導く能力は類まれなるもの。身を挺して世の中の矛盾や不正義と戦ったジャンヌ・ダルクを彷彿とさせるようで私は大きな感動を覚えました。

男性社会の壁に直面して

鈴木　樋口さんも「高齢社会をよくする女性の会」を立ち上げて、女性のために尽くされてこられましたね。現代のジャンヌ・ダルクといわれますが、その通りですね。

樋口　恐れ入ります。火あぶりの刑だけはご勘弁願いたいのですけれど（笑）。「高齢社会をよくする女性の会」を立ち上げたのは50歳の時でした。赤松さんに言われるまでもなく、日本を支配しているのは封建オヤジだと感じていたからです。あまり闘わないでスルッと抜けてしまう女性もいるにはいましたけれど、私自身が男性社会の壁にぶち当たり、イヤーな思いを強いられたという経験がありましてね。これはどうにかしなければいかんと、ずーっと思い続けていたところが大きいのです。

鈴木　どんなご経験をなさったのか伺ってもよろしいですか？

樋口　私は大学卒業後、ジャーナリストになりたいと考えていたのです。ところが女性を採用している新聞社は少なく、まずここでイヤーな思いをしました。結局のところ時事通信社に就職したのですが、女性が仕事をすることに理解があるのかと思いきや、そうではなかったのです。新入社員は雑用をこなしながら配属先の決定を待つという仕組みで、同期の男性は次々と配属先が決まっていくのに、私にはどの部署からもお呼びがかかりませんでした。非常にどんよりといたしまして、次第に会社に行くのも嫌になり、仕舞いには石神井川を見つめながら身を投げてしまおうかと考えるほど精神的に追い詰められました。

鈴木　ああ、そんなにお辛い時期があったのですね。

樋口　活版通信部という金融と財政を担当する部署へ配属されましたが、いつまでも上司の助手という位置づけで。これでは一人前になれない。女にはチャンスさえ与えられないのかと、私はすっかり意気消沈してしまったのです。

夫の意外な言葉が人生の転機となった

鈴木　でもやがてジャーナリストにおなりになるのですから、根性がありましたね。

樋口　いいえ、私は人間ができていないものですから、ヤケのヤンパチと化し、東大出身のエンジニアだった5歳年上の夫と、渡りに船とばかりにお見合い結婚をして、時事通信社は1年ほどで寿退社してしまったのです。

鈴木　まぁ、ヤケのヤンパチになって（笑）。

樋口　本当のことをいうと理科系の男性が新鮮でしたし、夫になった人はハンサムだったものですからフラフラっときましてね（笑）。とにかく何も好き好んで会社の中で屈辱的な思いをすることはない、別の生き方もあるのだからと人生の方向転換を図ったという感じで。まぁ結婚して母親になるというのが女性の幸せだと捉えられていた頃の世の中の感覚としては、まっとうな人生へと軌道修正したということだったのです。

鈴木　専業主婦になられたのですか？

樋口　はい。25歳で結婚して、夫の勤務地である山口県の社宅で暮らす専業主婦になりました。翌年、娘が生まれたのですけれど、つわりが酷くて半年間も入院して。母親になる喜びというものを味わいましたが、今では命がけで産んだ娘に偉そうなことを言われて、腹が立つといったらないのです。

鈴木　でも樋口さんは職業婦人も専業主婦も母親としての体験もしておられて、

どんな立場であっても女性は大変だということを知っていたからこそ、すべての女性に寄り添うという優しさや正義感を備え、説得力を持つリーダーとなり得たのでしょう。

樋口　期せずしてということではありますけれど、どんな経験も無駄ではないということを思いますね。期せずしてといえば、夫が東京へ転勤することになり、私は再び働く機会を得たのです。その頃、父はすでに他界していて、実家に母が一人で暮らしておりましたので同居することにしました。2歳になっていた娘の面倒を母が見てくれまして、それがなければ働きに出ることはできなかったでしょう。

鈴木　ああ、お母様が。恵まれた環境に背中を押されたのですね。

樋口　そこに至るまでのプロローグがありまして。ある日、夫から「国民の税金で国立大学を出た人間には、税金を払ってくれた人達のためになる活動をする義務がある。あなたも何か始めたらどうか」と言われたのです。すごいことを言い出したなとビックリしましたけれど、自分に再び社会へ出るという選択肢もあることに気づいて……。今にして思えば、あの時の夫の言葉が私の生き方を決めたのです。

試練のたびに強くなる

鈴木　就職先はすんなりと決まったのですか？

樋口　とんでもない。またもやイヤーな思いをしました。東京オリンピックを4年後に控え、日本が高度成長期を迎えた頃になっても、企業における女性の採用枠は少なく、私は履歴書を100枚以上書いたと思います。

鈴木　そんなに。

樋口　やっと決まったのはアジア経済研究所でした。機関誌を出している編集部に採用されたのです。ところが数か月ほど助手として働いていたある日、「私はいつから正社員にしていただけるのでしょうか？」と上司に訊いたら、既婚女性は正社員にはなれない規定があると言われ、話が違うと怒って辞めました。

再び就職活動を始めて、育児雑誌の編集者を募集していた学習研究社の面接試験に臨んだところ、面接官が「女性は妊娠4か月で退職するという内規がある。子供のいる女性を雇うことはできないので帰ってくれ」と言うのです。私は咄嗟に「育児雑誌を出版している編集部が、女性の育児経験を活かさないのですか？母親の目を阻害してよい雑誌が作れるのですか？」と嚙みついてしまいました。

鈴木　樋口さんのご意見は理に適っていますよ。

樋口　こりゃ落ちたなと思ったのですけれど、もののわかる社長の鶴の一声で採用が決まり、私は学研で働き始めたのです。ところが、そんな矢先に夫が急逝してしまいまして。

鈴木　まぁ……。

樋口　私は働く気力どころか、生きていく気力さえ失ってしまい、学研を退職しました。先ほどもお伝えしましたように、竹馬の友から叱咤激励されて立ち上がることができたのですけれど。

当時、夫の務めていた会社では、勤続中の社員が亡くなった場合、未亡人となった妻を雇用するという前例がありまして。私は広報宣伝部で働かせてもらえることになったのです。仕事をしているあいだは悲しいことを忘れられるということもあってよく働きました。30代と若かったし、徹夜で原稿を書いて、そのまま会社へ行って働くなどという無茶なことをしても平気だったのです。

シスターも大学院で学び始められたのは30代の時だったのでしょう?

鈴木　そうです。勉強が大変で円形ハゲができてしまいました（笑）。それでも何とか乗り越えることができたのは若さですよね。当時、自分ではもう若くはないと思っていたのですけれど、まだまだ活力がいっぱいありました。それにしても樋口さんは本当にさまざまな経験をなさって。大変なこともたくさんあったのですね。

樋口　あの頃は試練の連続でした。苦行に耐え抜かれたシスターがどう思われるかわかりませんけれど。

鈴木　生きるというのは大変なことですよね。宗教者だけが修行者なのではなく、人間は誰もがみんな修行者なのです。それに樋口さんの体験なさったことは、仕事も結婚も子育てもしたいと考える現代女性のモデルケースとして、大きな意味があったと感じます。自立して生きることの大切さを示す生ける見本ですよ。

樋口　思えば私は試練のたびに強くなった気がいたします。ピンチはチャンスと言いますけれど、ピンチだからこその火事場の馬鹿力のようなエネルギーが沸き上がってきて……。渦中にいる時は必死でしたが、あとになって思えば、あの試練がなければ今の自分はなかったと思うこともたくさんあります。

縁は異なもの味なもの

鈴木　フリーランスのジャーナリストとして活動を始められたのはお幾つの時だ

ったのですか？

樋口 41歳だったと思います。遅まきではありましたけれど、幾つになっても探求心を備えていれば伸びしろというのはあるものなのだなぁと感じました。ままならない悔しさもバネになったと思います。学研時代に新聞で「婦人問題懇話会」という民間の研究団体が設立されたという記事を読んで強い関心を覚えたのは、自分が婦人問題の辛酸を舐めまくっていたからに他なりません。私は関心のあることに対してマメな質で、さっそく問い合わせて見学に行きました。これが大きな転機となったのです。

鈴木 私も自分の体験上、行動力というものが人生を切り拓くための鍵なのだと確信しています。せっかく考えが浮かんでも行動に移さなければ、机上の空論に終わってしまいます。「婦人問題懇話会」というのはどういう方が集まっておられたのですか？

樋口 労働省、現在の厚生労働省や都庁で女性問題に取り組むお姉さま方が、「こういう問題がある」「これに対してこうするべきだと思う」とか「こういう対処法も考えられる」といった感じでディスカッションしていました。非常に刺激的で、聞いているだけでワクワクしてしまって。言いたいことが山ほどありました。それで私は女性問題をライフワークにしていこうと決めたのです。

鈴木　「婦人問題懇話会」のメンバーになられたのですね。

樋口　そうです。やがて話し合ったことを一冊の本にしようという流れが生まれ、私も書き手の一人に選ばれました。まだ珍しかった共働き夫婦について夫達に取材をして原稿を書いたところ、ＮＨＫのラジオ局から出演依頼がありましてね。緊張しながら出演し、「女性も働くのだから家事分担をすべきです」と語ったのが私の評論家デビューとなりました。夫が勤めていた会社を辞めたのはその直後。53歳で東京家政大学の教授となり、テレビなどにもよく出るようになりましたが、失敗ばかりで。

鈴木　そうなのですか？

樋口　70歳で東京家政大学を定年退職した直後に、東京都知事選挙に出馬したことなどもありました。

鈴木 「高齢社会をよくする女性の会」を発足された樋口さんに期待を寄せる方が、たくさんおられたということですよね。すごいことじゃありませんか。

樋口 もちろんノーと言うこともできたわけですし、最終的には自分で決めたことなので四の五の言う気はありません。ただ私自身が都知事になりたかったわけではなく、推してくださる方々の熱意を感じて……。ここで断ったら女の世界で生きていけなくなるかもしれないなと（笑）。当時、男女共同参画条例を作ろうという動きが全国の自治体で活発化していて、85年に国で女性差別撤廃条約が承認されたのです。その一方で、都庁内には条例に反対して妨害しようという勢力が強く、要するに女性達が大きな危機感を抱いていたという背景がありました。

鈴木 後悔しておられるのですか？

樋口 後悔というと語弊がありますが、個人的にはそれまでの活動を活かして、世の中に伝えるべきことを伝えるための手段というのは、他にもあったのではないか……と思うこともあります。

鈴木 都知事になったら女性問題に特化して活動するというわけにはいかなかっ

たでしょうしね。

樋口　幸か不幸か落選しました。出馬したからにはと必死で取り組みましたので、周囲の人達の期待に沿えなかったことも含めて落胆しましたけれど、何かを経験すれば、必ず失うことばかりではないのですね。あの時は、縁は異なもの味なものということを実感しました。それまで私のことを敵対視していた人がものすごく応援してくださったりして、涙が出るほどありがたかった。人間のつながりというのは素晴らしいものだなと、しみじみ実感いたしました。それがわかっただけでもよい体験をしたなと思います。

介護保険が生まれるまで

鈴木 樋口さんが「高齢社会をよくする女性の会」を発足なさったのは50歳の時と伺いましたが、介護保険制度はどういった経緯で生まれたのですか？

樋口 手前味噌な話になりますけれど、介護保険制度を作ったことは、世間に対してよかったのではないかと思っております。

鈴木 そうですよ。今、介護保険制度によって、どれほどの人が救われていることか。素晴らしい社会貢献だと思います。

樋口 介護保険制度は、まず1996年の11月に国会へ介護保険法案が提出されました。約1年半にわたって審議され、1999年の12月に可決されて、2000年の4月からスタートしたのです。

鈴木　２０００年というと私達が68歳の時ですね。

樋口　私は介護保険を議論する厚生省の審議メンバーの一人だったということで、もちろん私一人の力で成し遂げたわけではありません。ただ「高齢社会をよくする女性の会」で「ほとんど女性だけが介護に追われるというのはいかがなものか？」という声が上がったことに端を発したことは確かです。私どもは日本全国の介護の実態を調査して、介護を担う女性達の声を集めることから始めました。１９６８年に民政児童委員会による居宅寝たきり老人実体調査というのが行われて。今でこそ民生委員には女性も増えましたが、当時は婦人委員の数が少なく、婦人会というものを立ち上げて、こちらの方々が60年代から高齢化と共に増え続けていた寝たきり老人に関する調査を進めておられたのです。

鈴木　寝たきり老人の介護をするのは女性だということで、女性の民生委員が立ち上がったと。

樋口　過酷な実態を明かさなければいけないと考えてのことです。ここが一つのフックになったというのと、もう一つ、70年代の初めに有吉佐和子さんがお書きになった小説『恍惚の人』がベストセラーになります。

鈴木　ありましたね。認知症を患う夫のお父さんと同居することになった主人公の目線で、認知症の実態や家族のありようが描かれていました。話題作となったのは、多くの方が介護に関心を寄せていたからですよね。

戦後20年経って、日本は焼け野原から高度成長期を迎え豊かになっていました。平和の恩恵として長寿社会へ突入したけれど、その陰で介護をする女性達が苦しい思いを強いられて。私のもとへも長い介護生活に疲れたという多くの女性からの相談が寄せられていました。

樋口　私自身も同居していた母を1年8か月の介護の末に看取りましたが、介護

の大変さというのは筆舌に尽くしがたいほどで。

鈴木　樋口さんは介護のご経験もなさったのですね。

樋口　母が亡くなったのは75年でした。まだ老人医療が確立される以前のことで、「介護」という言葉もなく、「看病」と言っていましたね。とにかく睡眠不足で辛かった。当然のことながら仕事にも支障をきたします。私の介護生活は1年8か月でしたが、これが5年、10年と続いていたら共倒れになっていたかもしれません。

鈴木　せっかく女性が社会進出しても、働きながら親の介護をするのは難しいと離職する人が増えるだろうとお考えになったのですね。

樋口　ええ。実際、講演会に来てくれた女性達から、さまざまな問題が寄せられていました。既婚女性の場合、夫の親の介護も女性が担うのが当然で、夫は「自分には仕事がある」という理屈がまかり通っている。共働きの女性は「互いに働いているのだから家庭内の問題も分担して行うべきじゃないか」と。また子育てと親の介護が重なり精神的にも肉体的にも限界だという声も聞かれました。女性達の置かれた環境はさまざまでしたが、これは氷山の一角に過ぎないと思いました。女性達の苦しみや、やりきれなさをきちんと吸い上げなくてはいけない。しかも一刻も早く手を打たなければ……と焦燥感に駆られたのを覚えています。

鈴木　一人ひとりの話に耳を傾け、何とかしなければいけないと考える樋口さんのような方がいなかったら、多くの日本女性が介護だけで終わってしまうような悲惨な人生を送り続けていたでしょうね。

樋口　勇気を出して声を上げてくれた聡明な女性達のおかげです。私はたくさんの方と巡り会い、誰かと会うたびに新たな課題を与えられました。課題が明確にならなければ対処法も見つからないわけですから、ありがたい展開だったと思うのです。

鈴木　それにしたって、なかなかできることではありません。

樋口　今にして思えば、もう一つ原動力となったものがありました。実は40代の初めに、共同通信に勤務していた東大の2学年上の先輩と事実婚をしたのですが、私が60代半ばの頃、彼が重度の脳梗塞を患い、病院での寝たきり生活になりました。悪いことは重なるもので、私に乳がんが見つかり、部分切除のために1週間ほど入院することになったのです。1週間のあいだ私に代わって彼を看てくれる人がいたので助かりましたが、看てくれる人が見つからなかったらどうなっていたのだろうと思ったら怖かった。

鈴木　そうですよねぇ。頼れる人がいないという人だっていますから。

樋口　完全に共倒れになってしまいます。個人で人探しをしてギリギリのところで乗り越えるようなことを続けている場合ではないと痛感しました。

鈴木　国の制度を確立しなければいけないという発想につながるのですね。

樋口　術後の放射線治療で顔を合わせるようになった60代の女性が亡くなったというのも衝撃的でした。彼女は姑の介護に追われて自分の乳がんに気づくのが遅れたと言っていたのです。国の介護保険制度ができていれば死なずに済んだのにと悔しかった。このことも私の背中を押してくれたと思います。

介護保険制度を作った頃の話になると、つい熱くなってしまうのですけれど、読んでいる人が退屈しないかしら?

鈴木　日本人の誰もが頼りにしている介護保険制度の成り立ちに興味のない人はいないと思いますよ。私は樋口さんの大きな情熱に感動しています。

樋口　いたって真面目な樋口です（笑）。

介護保険制度ができて

鈴木　介護保険制度が生まれる前には、老人福祉法や老人保健法といったものがありましたけれど、問題点がたくさんあったということですね。

樋口　老人福祉の対象は、特別養護老人ホーム、デイケア、一般病棟といった介護の環境なのですけれど、利用者がサービスを選択できない、介護を理由とした一般病院への長期入院ができないなど、総じて福祉サービスの基盤整備が不十分でした。老人医療を担っていた病院は治療がメインで、スタッフの教育も含め、介護向けの環境が整っていなかったわけですが、今後、高齢者が増えると老人福祉や老人医療制度による対応では限界が来ることは目に見えていたのです。

鈴木　高齢化が進むということは、介護をしなければいけない人が増えるということ。80代の親を50代の子供が介護する８０５０問題が話題になりましたが、長寿国となれば老々介護も増えて、それこそ共倒れになってしまいがちです。

樋口　８０５０問題は９０６０問題になりつつあり、１００７０問題になるのも時間の問題です。２０２５年には団塊の世代といわれる人達が75歳、つまり後期高齢者になるのですが、私はずいぶん前に「母寝たきり　娘ボケるや　長寿国」という句を詠んで予言していました。さらに当初から核家族化が進むだろうという懸念もありました。ところが誰も未来を見通しきれていなかった。一人暮らしの老人がこれほどまでに増えるとは考えていなかったのです。

鈴木　少子化問題も深刻化し、介護保険制度が作られた頃とは時代背景が変わってきましたね。

樋口　時代の変化に対応するために、介護保険制度は7回にわたって改正されてきました。でも、ここへきて制度の改悪が目立ちます。これまでレンタルだった一部の福祉用具の買い取り化や有料化、自己負担1割から2割への引き上げ、ケアプランの有料化など、利用者の負担が増えてしまう方向へと見直しが進められているのです。懸命に生きてきた方々が、人生の最後の最後で経済的な理由から最低限のサービスを受けることもままならないような国は、本当に未成熟だと思います。国の財政が厳しいことは承知しておりますけれど、何を置いても国民が支え合って介護を担うという原則に基づいた制度を継続することを優先していただきたい。とはいえ、私には国会で議論する力は残されていませんので、今後は後進の育成に力を注いでいきたいと思っております。

2015年 4回目の改正

- 持続可能な社会保障制度を確立するため、効率的で質の高い医療提供制度の構築。放射線技師法に関する見直しの改定が行われる。
- 地域包括ケアシステムの構築を改定案に盛り込む。予防保険給付の見直しとして、特別養護老人ホームの機能重点化を図る。歯科衛生士法などの見直し改定が盛り込まれた。
- 所得に応じて利用者の自己負担割合が1割から1〜2割へ引き上げ。特別養護老人ホーム新規入所が要介護3以上に。

2018年 5回目の改正

- 高齢者の自立支援、要介護状態の重度化防止、地域共生社会の実現を図る。リハビリ職との連携、ケアマネジャーの支援などが盛り込まれた。
- 所得に応じてサービス利用者の自己負担割合が1〜2割から1〜3割へ引き上げ。

2021年 6回目の改正

- 介護施設を利用している低所得者の食費の月額自己負担額の引き上げ、高所得者が介護サービスを受ける際の月額上限を年収に応じて引き上げることが盛り込まれた。

2024年 7回目の改正

- 要介護1、2の高齢者を対象とした訪問介護・通所介護を介護保険サービスではなく、市町村が行う「地域支援事業」に移行。
- ITC（テクノロジー）による介護ロボットや人感センサーの導入により、入居者3人に対して職員1人とされていた介護施設の人員配置基準を、4人に対して1人に緩和。

2000年にスタートした介護保険制度の改定

2006年　1回目の改正

・要介護者への介護給付のみならず要支援者に対する予防給付が盛り込まれる。それに伴い、要支援者に対するケアマネジメントを地域の包括センターで実施。
・施設給付の見直しとして、介護保険施設などに対する食費や居住費などを保険給付の対象外にして自己負担に。一方で低所得者に対する補足給付を設ける。

2009年　2回目の改正

・介護サービスを提供する事業者の不正事案再発防止、および介護事業者の運営を適正化する。法令遵守などの業務管理体制の整備義務付け、事業者本部への立ち入り検査権を創設。

2012年　3回目の改正

・高齢者が住み慣れた地域で少しでも長く自立した生活を送れるよう医療や介護・生活支援サービスなどを提供する地域包括ケアシステムを確立するための取り組みを始めることが定められる。医療と介護の連携を強化するため、24時間対応の定期巡回サービスや随時対応サービス、複合型サービスを創設。介護療養病床の廃止期限を猶予。
・介護人材確保とサービスの向上を目指し、介護福祉士や介護スタッフによる「痰の吸引」の実施を可能とすることなどが盛り込まれる。
・高齢者の住まいを整備する法案、認知症対策の推進、保険料の上昇の緩和。

利用できる主なサービス

- **通所介護（デイサービス）**
  動けなくならないように予防したり、リハビリを中心に、送り迎えありの日帰りで、機能訓練のサービスを受けられる。
- **通所リハビリテーション（デイケア）**
  食事や入浴などの生活支援、機能訓練などのサービスを送り迎えありの日帰りで受けられる。
- **短期入所生活介護（ショートステイ）**
  一泊など短期の宿泊で食事や入浴などの介助を受けられる。
- **小規模多機能型居宅介護**
  同一の介護事業者が提供するデイサービスを中心に、ホームヘルプやショートステイを一体化したサービスを受けられる。
- **訪問歯科**
  歯科医が自宅を訪れ、口腔ケアや虫歯の治療、入れ歯の調整を行うサービスを受けられる。
- **訪問薬剤師**
  薬剤師が利用者に合わせた処方薬を持って自宅を訪問してくれるサービスを受けられる。
- **福祉用具貸与・販売**
  歩行補助杖や介護ベッドなどの介護用品のレンタル・購入費用の助成を受けられる。
- **居宅介護住宅改修費**
  一人20万円を上限に、自宅を介護向けにリフォームするための費用の助成を受けられる。

介護保険制度でできること

事前にしておくべきこと

・役所で介護認定の申し込みをする。
・地域の包括センターでケアマネジャー（介護支援専門員）と結びつく。

利用できる主なサービス

・**介護支援**
ケアマネジャーに相談した内容をもとに作成されたケアプランに沿って、介護サービス事業者などを通じて適切な介護サービスを受けられる。

・**訪問介護**
ホームヘルパーが自宅を訪問してくれて、掃除、洗濯、調理などの生活支援を受けられる。

・**訪問入浴**
看護師を含めたスタッフが自宅を訪問してくれて、事業者が持参した浴槽で入浴介助を受けられる。

・**訪問看護**
看護師などが自宅を訪問してくれて、病気や障害に応じた医療や療養に関するアドバイスを受けられる。

・**訪問リハビリテーション**
医師が必要であると認めた場合、理学療法士や作業療法士などのリハビリ専門職の人によるリハビリを自宅で受けられる。

・**定期巡回・随時対応型介護看護**
24時間365日体制で、定期的な巡回などのケア（介護、看護）を必要なタイミングで受けられる。

第5章

人生100年時代は未知の世界

介護保険制度について知ることは第二の義務教育

樋口　シスターの老後というのは、どのようなものなのでしょうか？

鈴木　基本的に生涯にわたり修道院から出ないことになっているので、かつては自立できなくなると病室棟に移って過ごしました。いわば施設のようなところで、共に暮らすシスターは家族ですので、若いシスターが介護にあたってきました。でも今は、若いシスターが少なくなって……。

樋口　まぁ。どこも事情は一緒ですね。一般の方達も介護保険制度を活用すれば安泰だと言いたいところなのですけれど……。

多くの方は、親の介護に直面して初めて介護保険について学ばれるようですね。でも私は、日本に住む高齢者全員が介護保険を上手に活用するためには、もっと早い段階から介護保険制度について学んでおく必要があるだろうと考えています。

鈴木 早い段階といいますと？

樋口 第一号被保険者としてサービスを利用できるのは65歳以上なので、65歳になったら介護保険の使い方を知っておくべきでしょう。私はそれを「第二の義務教育」と呼んでいます。

鈴木 せっかく介護保険制度が確立されても、使いこなせないのでは意味がありませんものね。

樋口 おっしゃる通りです。行政のほうから「そろそろいかがですか？」と声掛けしてくれるわけではありません。ですから自分で知識を得ておく必要があるのです。そして少しでも不安を抱いたら、行政の担当窓口や地域の包括支援センターで相談することが大切だと思います。そのあたりのことも、もっとみなさんに呼びかけたいですね。

鈴木 本当ですね。私達は先進国の中でいち早く「人生１００年時代」に突入しました。前例のない未知の世界を生きる先駆者として、これからを生きる人達に、自分達が遭遇しているさまざまなことについて伝えておくというのが一つの使命だと思います。

80代は「かりそめの老い」だった

樋口　それにしても自分が92歳まで生きるとは、ちょっとビックリしています。80歳になった時、ついに自分も本格的に老いてしまったと思ったのですけれど、まだまだ先があったのですよねぇ（笑）。今にして思えば80代前半は「かりそめの老い」でした。

鈴木　私もできなくなってきたことがちょっと増えてきたなという感じです。80代はそれまでと変わらない生活を送ることができましたけれど。

樋口　昔ね、女性初の国会議員として活躍なさった加藤シヅエ先生が「90代になりますと、立っているだけでフワーっと転ぶことがあるのですよ」と話しておられて、当時、私は60代でしたので、おっしゃっていることがよくわかりませんでした。ところが私も80代の後半に同じことを体験して、加藤先生が話しておられたのはこういうことだったのかと思いましたよ。

鈴木　立っているだけでフワーッと転んでしまわれたのですか？

樋口　自宅の玄関の入口に立っていたら、風もないのにフワーッと転びまして、玄関のたたきに顔面を打ち付けてしまったのです。顔面に青や紫の痣ができて、痛いやら醜いやらで大変な目に遭いました。思えばあれが私のヨタヘロ期の始まりでした。

人生100年時代の大きな課題

鈴木　ヨタヘロ期というのは印象的な言葉ですね。

樋口　ある時、高齢者問題研究家で友人でもある春日キスヨさんが「ピンピンしている元気な時期と寝たきりになるまでのあいだに、何とか自立してはいるけれどヨタヨタヘロヘロしている時期がある」と話しておられたのです。ちょうど私がヨタヨタヘロヘロになりつつあったので「わかる、わかる」と共感を覚えて、以降、「ヨタヘロ期」と言い始めました。こういう言葉遊びみたいなことが好きなんですよ。定年退職後に妻にまとわりつく夫のことを「ぬれ落ち葉」と表現して、その年の流行語大賞の候補になったこともありました。

鈴木　まぁ、「ぬれ落ち葉」は樋口さんが広めた言葉でしたか。天才的ですね（笑）。

樋口　核家族で一人暮らしのことを「ファミレス（家族がいない）」、あとは「おひとりシニア」「老いるショック」「老婆は一日にしてならず」「すべての道は老婆に通ず」というのもございます。

鈴木　アハハ。

樋口　それから「ＢＢ」というのも人生１００年時代の大問題です。

鈴木　ＢＢというのはどういう意味でしょうか？

樋口　貧乏婆さんのことでございます。私が懸念しているのは女性の貧困層の増加です。日本では女性の平均寿命のほうが長く、80歳以上の男女の比率は４対６。

鈴木　２０２４年の敬老の日に厚生労働省が１００歳超え人口は９万５０００人（正確には９万５１１９人）と発表していましたけれど、約９割が女性なのだそうです。

樋口　女性の長生きは大いにけっこうなのですが、問題は男性に比べて低賃金で働いてきた時代の女性がもらえる年金が少ないことです。未亡人だって十分な遺族年金をもらっている人ばかりではありません。生涯働き続けることができればいいのですが、体力的に難しいということもありますし、自営業であればまだしも、働きに出るとなると雇ってくれるところがないというのが実情です。

鈴木　深刻な問題ですね。せめて同じことを繰り返さないように、これからを生きる女性には一つの教訓として心に刻んで欲しいと思います。

樋口　はい。BBB、すなわち貧乏婆さん撲滅運動を推進しなければいけません。

鈴木　まぁ、Bが三つですか（笑）。

樋口　ええ。これはつまり、女性が男性と平等に働ける社会にするということです。BBが増えれば国の財政を圧迫し、日本は貧困社会となってしまいますから、BBBは女性のためであるのと同時に、日本が生き残るためにも避けて通れない

重要な課題なのです。

介護保険制度を活用してみたら…

鈴木　前代未聞の時代をどう生き抜くかというのが今回の対談の大きなテーマですけれど、今は過渡期ですね。

樋口　ここをうまく乗り切って成熟した世の中になれば、親の介護が始まっても、自分が老いた時にも、安定した気持ちで過ごすことができるでしょう。

鈴木　若い人たちが「老い」を対岸の火事を眺めるようにしていては、自分達が老いた時に困ってしまうということを伝えたいです。

樋口　とはいえ、高齢者の気持ちを理解するのが簡単なことではないのもわかるのです。私も50代の頃には、年老いた母の気持ちがわからなかった。年を取ったら動きが鈍くなると頭ではわかっていても、もっと早く歩いて欲しいなんて内心イライラしたりして。自分が歩行困難になって初めて、体が思うように動かないことの辛さを実感しました。お母さん、あの時は理解してあげられなくてごめんなさいという感じです。シスターは健脚でいらして羨ましいわ。

鈴木　もちろんそれなりに弱ってきてはいますけれど、おかげさまで今のところ不自由は感じておりません。当たり前のように受け止めてしまいがちですけれど、年齢的なことを考えればありがたいことで、感謝しなくてはいけませんね。

樋口　老いるのは人間だけじゃないんですよ。持ち家が老朽化しまして、84歳の時に建て替えました。

鈴木　80代で家を建て替えるなんていうのも人生100年時代ならではという気がしますね。

樋口　あと何年住めるかわからないのにと思いましたけれど、大地震がきたら一発でつぶれるような家に暮らしているわけにはいかないし、段差のある家は暮らしづらいしと待ったなしで。確かに綺麗になったし、小さなエレベーターをつけたりして便利にはなりました。でも有料老人ホームに入ろうと貯めていたお金を建て替えるのに使い果たしてしまい、ウツになりました。

鈴木　新しくなった家でお嬢さんと一緒に暮らしておられるなんて幸せじゃありませんか。何より心強いですよ。

樋口　でも貯金が目減りすると不安になるんですよ。その点、91歳で要支援1に認定されて手すりをつけた時は、お金がかからなくて助かりました（現在は要支援2）。

鈴木　ご自身も介護保険制度を利用なさったのですね。

樋口　ええ。家の中で壁を伝って歩くようになったり、ベッドから落ちてしまったりということが続きまして。地域の包括支援センターで要介護認定の申請をしましたところ、1か月ほどした頃に調査員が家に来て、私と娘に聞き取り調査を行って、身体機能などを確認して。その調査結果と主治医の意見書をもとに「一次判定」が行われ、最終的には介護認定審査会による「二次審査」を経て、私の場合は要支援1でした。そこで「福祉用具貸与」を活用することにしたのです。

鈴木　そういえば樋口さんのお宅の門から玄関まで続くスロープに手すりが設置してありました。

樋口　手すりがあるとないとでは大違い。以前は車が迎えに来ると、玄関からスタッフにすがりつくようにして歩いて行きましたが、今はスロープを伝って自力で歩けるようになりました。その他にも段差のある玄関やベッドなど5か所に手すりを設置したのです。これで誰の手も煩わさずに暮らせると安堵しまして。肉体的な問題だけでなく、精神的にも楽になったのです。

鈴木　介護保険制度を活用しない手はありませんね。

老いても子には従いたくない

樋口　何しろ私は娘に頼みごとをするのが嫌なのです。頼めば一応はやってくれるのですけれど、それだけでは済まなくて「もっとしっかりしろ」だの「こうしたほうがいい」だの、いろいろと言ってきますので。「老いては子に従え」という諺がありますけれど、私は老いても子には従いたくないといった心持ちでして。シスターはどうお考えになりますか？

鈴木　私には子供がおりませんから、喧嘩をしながらでも支えてくださる娘さんがいらっしゃるなんて、羨ましいくらい。でも子供とはいっても立派な大人。親が80代、90代になれば子供だって60代、70代になるわけですから、親との力関係は逆転して当たり前ですよね。いつまでも親任せでは困るということを考えれば、頼りがいのある子供でよかったのではないですか？

樋口　私達の世代は、子供が親に意見したりするなどというのは言語道断だっただけに、自分が子供に意見されたりすると何だか情けなくなってしまうのです。でも昔の人が特別に偉かったというのでも、教育がきちんとなされていたというのでもないという気がいたします。昔は人生50年といわれていました。つまり親子の力関係が逆転する前に親が死んでいたということなのかもしれません。

鈴木　親子の力関係が逆転し、長期化するというのも人生100年時代ならではということですね。

樋口　子供に偉そうなことを言われて自尊心が傷ついたというご同輩もおられることでしょう。我が家の場合、娘の言っていることは間違ってはいないと思うし、私のためを思って言ってくれているのもわかるのです。でも言い方が気に入らない。

鈴木　わかるような気がいたします。内容以前に、言葉にカチンとくるということはありますよね。言葉はキャッチボールですから、激しい球が飛んで来たら激しい球を投げ返す。これが口喧嘩の正体でしょうから。

樋口　シスターでもカチンとくることがあるのですか？

鈴木　もちろんです。人間ですから。

樋口　シスター同士で口喧嘩をするということなども？

鈴木　そんなに派手な喧嘩はしませんが、実はあるのですよ。「報告した」「聞いてません」というような行き違いからお互いに不機嫌になったりするといったことが。

樋口 そんな時、シスターはどうなさるのですか？

鈴木 投げた言葉に準じた言葉が返ってくるとわかっていますので、年の功で、できる限り気持ちを静め、柔らかな言葉を返すよう心がけています。大抵、それで治まります。

樋口 私と娘のバトルは激しいですよ。互いに言いたい放題で。もう娘とは暮らせないと幾度思ったことか。ところが不思議なもので、大喧嘩をしても5分後には一緒にお菓子なんか食べながら過ごしているのです。あれはどういうことなのか。

鈴木 「夫婦喧嘩は犬も食わない」ならぬ「母娘喧嘩は犬も食わない」といったところでしょう。本気で喧嘩できる人がいるというのは素晴らしいではありませんか。時には大声を張り上げて喧嘩をするということがストレス解消になることもありますから。そもそも親子関係は千差万別で、これが正しいありようだなんてものはないと思います。

樋口　家族が仲良くなくても、「まぁいいか」と流せば楽になりますね。近頃では私も娘とのバトルは「まぁいいか」と受け止めて、深刻に捉えることはなくなりました。無視し合うよりマシかなと。

鈴木　程度問題にもよりますけれど、喧嘩はコミュニケーションの一環だといえるのではないでしょうか。

樋口　親子喧嘩をしているうちが花かもしれません。口喧嘩とはいえ喧嘩は体力勝負ですからねぇ。それに「こう来たか」「ならばこう言い返してやろう」と脳が一気に活性化するのも感じます（笑）。

鈴木　刺激的なのですね。そういう娘さんがおそばにいてくれて、ありがたいですね。

樋口　日本は世界一の長寿国だとはいえ寝たきり大国なのです。寝たきりにならないようにするためにはどうすればいいのか？　という問題に対して娘は優秀かもしれません。周囲を見渡してみますとね、家族が優しくて親切だという人ほどボケが進行している傾向にあるんですよ。お嫁さんが親切だと「お母さん、もう台所には立たなくていいですよ」と言ってくれるじゃありませんか。子供が優しければ、スマホやパソコンの使い方がわからないという場合でも、嫌な顔一つせず操作してくれるじゃありませんか。だから本当に何もする必要がなくなって、だんだんボーっとしてくるのです。

高齢者といってもそれぞれみんな違う

鈴木　老い方はみんな違います。それなのに80代になったら台所には立てない、90代の人にスマホは無理と決めつけてしまいがちで。

樋口　そうなんです。先日も病院へ行ったら、医者が私ではなく、付き添ってきてくれたスタッフの顔ばかり見て話すので頭に来ちゃってね。お婆さんに何を話しても理解できないと思い込んでいるわけで、非常に心外でした。

鈴木　そうした高齢者に対する認識を改めることも人生100年時代の大きなテーマの一つだと思うのです。日本では超高齢社会に突入したといっているわりには、人々の考え方が古いのではないでしょうか？　いずれにしても高齢者を十把一からげにして物事を捉えるというのは乱暴な発想です。

樋口　そもそも人の価値観はそれぞれですからねぇ。

鈴木　ええ。その人を尊重するというのは、多くの場合、その人が持つ価値観というものを尊重することに等しいのではないでしょうか。家族観一つとっても育った環境や親子関係によって異なり、ひいては親の介護問題などにも影響を及ぼします。「私は親の面倒を見る」という人も「私は親の面倒を見ない」という人もいるでしょう。それはその人の価値観によって決めることですから、他人がとやかくいうことではないし、人がどうでも、自分は自分だという覚悟を持って決断していくことだと思います。

樋口　多様性というものが世界的に着目されていて、日本でも人種、性別、宗教、年齢、国籍、能力を認め合うというダイバーシティが声高にいわれていますけれど、どこか表面的な点が気になります。たとえば高齢者問題にしても、「こうであるべきだ」という型のようなものがあって、そこへ押し込もう、押し込もうとするような気がいたします。

鈴木 昔から日本人は同調圧力が強く、それはチームを組むといった場合にはポジティブに働くこともあります。けれども「高齢者はこうあるべきだ」とか「介護はこうするべきだ」といった場合には、みんなと同じようにしたいというか、型に当てはめていくほうが楽なのでしょう。

樋口 私などは仕事を通して「ここは同調していられない」という場面を数多く潜り抜けてきましたので、一筋縄ではいかないババァです（笑）。

鈴木 高齢者はみんなそうですよ。長い人生の中でさまざまな苦労を越えてきて、たくさんの教訓と共に知恵を備えてきたのですから。体こそ弱っているけれど、自分というものを自分なりにしっかりと持っています。そのうえでいえば、人は他者を変えることはできません。人が変えることのできるのは自分だけ。これはすべての人間関係における基本的なことではないでしょうか。

樋口　私も相手に変わって欲しいと望むほど苦しくなるというのが世の常だと思っております。期待というのは独り相撲のようなもので、勝手な妄想に過ぎません。でもうっかり相手に期待してしまうというのも人情で、ここが人の愚かしいところだというふうに感じるのですけれど。

鈴木　たとえば介護の場面などでは、介護する側の家族が、ご高齢のお父さんやお母さんに対して思わず意見したくなるようなこともあるでしょう。けれど、変わって欲しいという期待を込めて、どんなに威圧的に言い聞かせても、本人が納得しなければ同じことを繰り返します。そんな時には、親御さんを寛容な目で見つめようと、自分の考え方を変えることしかないのではありませんか。やってみ

ればわかりますが、自分が変われば魔法のように状況が一変します。こんなことはして欲しくなかったというようなことがあっても、「ありがとう」と伝えれば親御さんは素直になって、これからは子供の言うことに耳を傾けようと思うかもしれません。

樋口 やはり諸悪の根源は「こうあるべきだ」という狭い考えにある気がいたします。介護問題に限らず、独自性を持って「人は人、自分は自分」なのだと堂々と生きていくことが大切ですよね。

鈴木 これまでの時代と違って、もっと自由に物事を捉えるというのがこれからのテーマだと思います。自由というと気楽そうなイメージを抱きがちですけれど、自己責任で生きるということです。ですから、これからを生きる人は、自分で感じ、自分で考え、失敗しても軌道修正して立ち上がるという強さが必要。でも、どんな問題からも逃げずに果敢に立ち向かえば、その道程できっと素晴らしい感動に出合えると思います。

一つひとつを受け入れて生きていく

樋口　それにしても人間関係の悩みというのは、幾つになっても尽きないものですね。高齢者になって社会の中のしがらみから解放されたと思ったら、今度は家族の中で疎外感を抱いたり、苛立ちを覚えたり。人生相談にのっている時に、「こんな思いをするくらいなら早く死んでしまいたい」などと訴える方が少なくありませんでした。

鈴木　高齢者は高齢者で一つひとつ受け入れていくことが大切だと思います。私は27歳の時に1年間、スタンフォード大学で教鞭をとっていたことがあります。当時、ユングの心理学が注目されていて、人間がトラウマを克服して、積極的に大きく成長していくためにはどうすればいいのだろうと、心理学の流れが大きく変わる最中でした。私もセラピストの資格を取得したりする中でユングを勉強して、それが人生相談に応えるうえでとても役立ちました。でも今、あの時から時代は激変したと感じるのです。

樋口 27歳の時というと65年前ですね。当時は日本が高齢社会になるなどと誰も思っていませんでした。目まぐるしく時代が変化しているのは確かなことです。

鈴木 もはや高齢者になった人達が過去を振り返って、自分の人生のあそこがトラウマになったなどといってはいられない状況を迎えています。過去のことはもういいと割り切って、生きていくことだけを見つめなければ、時代に取り残されてしまいます。生きていれば嫌なことがあるのは当然なのです。そして生きるということは、日々の中で起きる嫌な出来事を一つひとつ受け入れていく訓練をすることだと思います。

樋口 拒絶してもがいたり、苦悩することは不毛だということですね。

鈴木 ええ。乗る予定だった新幹線が嵐のために運休してしまったとして、「なんで動かないんだ」と嘆いても始まりません。「そうなんだ」と受け入れ、「ではどうしようか」と考えることが先決です。何が起こるかわからないのが人生ですから、受け入れる力を育てていくことが大切なのではないでしょうか。

樋口　確かに何が起こっても、受け入れる力があれば無敵ですよねぇ。

鈴木　先ほどの家族観の話に戻りますけれど、私は現代社会においては、家族と仲良くしなさい、きょうだいと仲良くしなさいと言い過ぎても、それは難しいと思うのです。もちろん仲良くできればそれに越したことはないけれど、できない事情を抱えている人もいます。

樋口　それこそ多様であることを認めなければいけませんね。

鈴木　超高齢社会というのは新しい社会で、まだ何も確立されていません。これからの10年、20年のあいだに整えていかなければいけませんけれど、今できることがあるとするならば、「こうであらねばならない」という枠組みを外すことだと思います。

樋口　家族関係に限らず、嫌なことに遭遇すると自分を責める人もいて、これがもっともつまらないですねぇ。責めたってしょーがない。もう起きてしまったのだから。場合によっては図太く生きるというのも大事なことですね。

鈴木　「まぁいいか」ですよね。

樋口　はい。あんまり敏感に反応しないで、ボンヤリ捉えるというのは老人力のなせる業だという気がいたします。

「いつも機嫌よくいる」ことは高齢者にできる社会貢献

鈴木　私は「いつも機嫌よくいる」ということが高齢者にできる社会貢献なのではないかと思うのです。不機嫌でいると周囲の人まで暗い気持ちになります。これは立派なハラスメント。一方、たとえ嫌なことが起こっても、「まぁいいか」「なるようになる」「悩んだり落ち込んだりしても埒が明かない」と達観して静かに笑っている高齢者の姿を見れば、若い世代の人達は心癒され、こういう境地にたどり着けるなら年を取るのも悪くはないと安心して生きていくことができるでしょう。

樋口　上機嫌でいるためには忘却力が必要ですね。若い頃は人から嫌味を言われたり、言い負かされたりすると「恨み節の樋口」と化しておりましたが、ある時期から嫌な気分を引きずって生きるなんて、なんともったいないことだろうと考えるようになりました。そこで恨みつらみを棚上げすることにしたのです。そのうえで楽し気に暮らすと決めております。正直なことを申しますと、足腰は痛いし、不愉快だなと思うような出来事も数限りなくありますけれど、楽しくなくても楽し気に振る舞っているのです。

鈴木　だから樋口さんと一緒にいるとホッとした気持ちになるのですね。楽し気な人のところには人が集まりますし、楽し気にしているうちに本当に楽しくなってくるということもあるでしょう。

樋口　自分を誤魔化し誤魔化しやっているという感じなのですが、自分で自分を誤魔化すというのが、けっこう大事なことだと感じております。

鈴木　樋口さんはご自分でご自身に新たな教育を施しておられるのですね。

樋口　ズルさも更新中でございます（笑）。老いてできなくなったことはありますから、そこは潔く「もうできません！」と降参してしまったほうが得だなと。娘は「自分の都合のいい時ばかり頼ってきて」と言いますが、人間は都合のいい生き物なのだからと考えて自分を責めたりはいたしません。

鈴木　助けが必要なら助けを求めることも自立心の一環だと思います。

樋口　ちゃっかりバァさんとして自立しております（笑）。いろいろなことができなくなってきたという自覚はありますが、それを周囲の人に指摘されるとムカッとくるのです。でも、ここから先が私の偉いところだと自画自賛しているのですけれど、バカにされても楽をしたほうがいいと思っていましてね。特に85歳を過ぎたならばと。

鈴木　それは本当にそうですね。

樋口　ただし、この人には私に対する想いがあると、こちらが認めていなければ安心してバカにされていられません。つまり信頼できる人に出会えるかどうかが問題で、どういう人を選別するかという点に、その人の進化が現れるというのが持論です。

鈴木　ああ、なるほど。深いですね。

樋口　若い頃、といっても50代、60代の頃の話ですが、当時は張りつめていたように思いますね。それこそバカにされたくないとか、ちょっと利口そうなことを言わないきゃいけないとか。私は見栄っ張りではないけれど、人様の前に出る活動をしていたので、どうしても人目というか、世間の批判が気になって虚勢を張っていたような節があります。

鈴木　でも周囲の目が気になるということが頑張る原動力になるということもあるのですから、そういう季節があってもいいと思うのです。

樋口　そう、人生にはさまざまな季節があって、突風が吹き荒れるような日々でさえ、過ぎてしまえば懐かしいのです。今はもう突風に耐えられませんので、穏やかな毎日を望んでいますが、穏やかに暮らすにはそれ相応の工夫が必要で、バカにされて楽をするというのもその一環です。

「ありがとう」と一言口にするだけでいい

鈴木　私が大好きな話がありまして、これは実話なのですけれど。ある病院に認知症のお婆さんが入院されていて、お医者さんをはじめ、看護婦さんや清掃の方までもが少し早めに出勤してそのお婆さんのところへ向かい、帰宅する前にもまたお婆さんのところへ寄って帰るのだそうです。

樋口　ほぉ。どうしてなのか気になりますねぇ。

鈴木　そのお婆さんがたった一つだけ覚えている言葉があって、それは「ありがとう」だと。ですからお婆さんは誰かが部屋に来るたびに「ありがとう」と言うのですね。その一言を聞きたくて、みんなお婆さんのところへ行くのだとか。この話から私は大きな学びを得ました。高齢者になったら若い人に対して「ああしなさい」「こうしなさい」なんて言わずに、どんな人も大らかな心で受け止めて、「ありがとう」と言うだけでいいのだと。「ありがとう」という言葉には包容力があり、相手を励ます力もあるのです。

樋口　「ありがとう」は言っているほうも気持ちがいいですよね。

鈴木　そうなのです。最後に「ありがとう」と言って息を引き取られる方が多いのですが、とても幸せなことだと思います。「ありがとう」と伝えたら、人生の中の嫌なことも、辛いことも、悲しいこともご破算です。

4世代にわたる人々が共存していくために

樋口　「ありがとう」を習慣化すれば、私も死後に「樋口さんはいい人だった」と言ってもらえるかしら？

鈴木 またそんな（笑）。樋口さんのことは誰だって賞賛すると思いますけれど。

樋口 「樋口さんは怖い」などと陰口を言われているようです。

鈴木 心当たりがあるのですか？

樋口 いいえ、自分では「仏の樋口」だと思っております（笑）。ただ私は歯に衣着せずにビシッと意見を伝えるタイプなので、キツイことを言われたと恨んでいる人もいるかもしれないなとは思います。

鈴木 実は私、教職時代は「鬼の鈴木」と言われていました。

樋口 本当ですか？

鈴木 厳しい教師だったという自覚があります。夏休みの宿題として課題図書を何冊も挙げていましたし、提出されたレポートに容赦なくダメ出しをしたりして。生活指導や礼儀作法もビシビシと行っていたので、学生から恐れられていたのです。今になって少々厳し過ぎたかもしれない、可哀想なことをしたと思います。でも卒業生は「先生に厳しくしていただいたおかげで、たくさんの文学に触れて視野が広がりました」とか、「社会の中で強く生きていくための精神力を養うことができました」なんて言ってくれます。社交辞令だとしても、そう言ってくれる気持ちが嬉しいのです。

樋口　社交辞令ではないと思います。厳しさというのは愛ですよね。自分の憂さ晴らしをしようという厳しさは問題ですけれど、本当に相手のことを思って厳しく接してくれる人というのはありがたい存在です。

私もジャーナリストの駆け出しの頃に厳しく指導してくださった方に感謝しています。「いいよ、いいよ」と甘やかされていたら、今の自分はなかったかもしれないと思うほどです。

鈴木　アルフレッド・アドラーの心理学を解説した『嫌われる勇気』（ダイヤモンド社）という本が大きな話題を呼びましたけれど、こんなことを言ったら嫌われてしまうかもしれない、などと考えていたら人を教育することはできません。

樋口　ええ。正義を貫くには嫌われるリスクが伴いますね。時が経てば理解してくれる人もいるし、恨み続ける人もいるかもしれない。そこは相手の聡明さ次第というところでしょうか。

鈴木　こうしてお話ししていてつくづく思うのは、世代の違う人達と共存していくことの難しさですね。

樋口　改めて考えてみると、人生100年時代に突入した今は、4世代にわたる人達が共に暮らしているわけで、こんなことは人類史上初めてです。多様な世代の人々と交流し合えるというのは素晴らしいことですけれど、うまくやっていくためには互いに知恵を絞る必要があるでしょう。

鈴木　その年齢その年齢でできること、つまり役割があるように思います。高齢者であれば、若い人たちに自立して生きていくことの大切さを示すことが使命だと私は思うのです。たとえ体が不自由になっても、自分のできる範囲でできることはする。助けが必要なら自ら求めるという具合に。

樋口　同感です。

鈴木　若い人達は、自分もいつかは年を取るのだという想像力を持って、人の尊厳について考えながら高齢者と接し、高齢者は自分のことを尊重してくれる若い人達に感謝をするというのが理想的ではないでしょうか。

樋口　何事も一足飛びにというわけにはいきませんけれど、もっともっと互いに寄り添う社会、真に成熟した日本を目指していきたいものです。

第6章

90代になって思うこと

挨拶を交わすというコミュニケーション

樋口　シスターの目下のお楽しみは何ですか？

鈴木　人と交流することでしょうか。今日も樋口さんといろいろなことについてお話しすることができて、とっても楽しいです。

樋口　シスターは毎日、たくさんの方とお会いになるのでしょう？

鈴木　以前ほどではなくなりましたけれど、誰とも話さないという日はありません。共に暮らしているシスター達がいますので、「おはよう」と挨拶を交わすことから一日が始まります。

樋口　一人暮らしの寂しさは「おはよう」「いってらっしゃい」「おかえりなさい」「おやすみなさい」と挨拶を交わす相手がいないことだとおっしゃる方がい

ました。家族というのは、いたらいたで煩わしいものだけれど、配偶者が先立ち、子供が独立した家にポツンと一人でいたら……と考えさせられる話で。

鈴木　挨拶は何気なく交わしていますけれど、立派なコミュニケーションなのですよね。私は一人暮らしの方には特に、どんどん外へ出て、道ですれ違った人に「こんにちは」と声を掛けることをおすすめします。「こんにちは」と声掛けをすれば、大概の人は「こんにちは」と返してくれますから、それだけで随分と寂しさが軽減するのではないかと思うのです。欧米では誰もが普通に見知らぬ人とも挨拶を交わします。日本人にはあまり馴染みのない習慣ですけれど、いいところはどんどん取り入れていきたいですね。

樋口　デイサービスもいいと思います。デイケアとデイサービスを混同なさる方が多いのですけれど、デイサービスは体の衰えを予防したり、弱ってしまった体のリハビリを目的とした施設です。車で送り迎えしてくれるスポーツクラブだと思って、積極的に活用していただきたいと思います。社交性なんていりません。別に深い話をする必要なんてないのですから。

鈴木　いろいろな人がいるなと思うだけでも世界が広がりますね。

樋口　配偶者や子供やお嫁さんに対する愚痴を伝え合えば、ストレス解消にもなりそうです（笑）。

鈴木　一人暮らしの人だって、デイサービスに行って施設の人やお仲間と挨拶を交わすだけで一日が充実することでしょう。一人でいると自分ばかりが老いて取り残されていくような感覚に陥るのではないかと思うのですが、同世代の人と触れ合うと、みんな同じだという安心感を覚えます。それから予定を作るというのがいいと思うのです。週に一度でも二度でも行く場所があると、生活にメリハリがつきます。

樋口　シスターはキャンパスで、学生さん達と交流なさることもあるのですか？

鈴木　日常茶飯事です。私は40年以上にわたって大学や大学院で教鞭をとってきましたが、常に入れ替わり立ち替わり入学してくる若い学生達に囲まれているので、うっかり自分が年を重ねていることを忘れてしまうようなところがあります。今はこういうファッションが流行っているのかとか、若い人達はこういうことに関心があるのかと思いながら彼女達の話を聞くのが楽しいし、刺激をたくさんもらっているのです。

樋口 それがシスターの元気の秘訣なのですね。

鈴木 そうかもしれません。

デジタル化はどうしても避けられない

樋口 耳が遠くなって人づきあいが億劫になるという人もいますね。電話で頻繁に話をしていたお喋り好きな友達が、ある時、これから手紙をくれないかというのでビックリしたことがありました。耳が聞こえづらくなってきたというのです。

鈴木 耳はコミュニケーションと密接な関係にありますから、老化現象だから仕方がないとはいえ、聞こえづらくなるというのは辛いですよねぇ。

樋口　聞こえづらいがために家族にボケ老人扱いされて傷ついたという人も珍しくありません。私も確実に聞こえづらくなっていて、テレビの音量をめぐって娘としょっちゅう揉めています。背後から突然「聞こえてる？」なんて激しい声が飛んできてビックリしたり。このビックリが怒りにつながって「そんな言い方をしなくてもいいでしょう！」と喧嘩になってしまうのです。

鈴木　最初は優しく言っていても、反応がなければ二度目、三度目には激しい言い方になってしまうのでしょうね。

樋口　それにしても娘から「お母さん、耳が聞こえてないんじゃないの？」などと言われるのは腹の立つものですよ。ただ他人はなかなか指摘してくれないというのも事実なので、ここは素直に受け止めるところだと思います。補聴器を検討するのも一案ですね。

鈴木　私も相手の声のトーンによって聞こえづらいことがあるのです。そんな時は「もう一度言っていただけますか」と頼むようにしています。聞こえたフリをしてしまうと、それが重要事項であった場合には、のちのち困った事態を招きますので。

樋口　高齢者にありがちなことですね。

鈴木　聞こえているフリをしてしまうのはコンプレックスからくる自己防衛だと思うのですけれど、耳が聞こえづらいことは恥ずかしいことではありませんし、年を取れば当たり前のことです。ですから堂々と「私は耳が聞こえづらいのです」と表明して、相手にはっきりと話してもらうように伝える。これがお互いのためだと思います。

樋口　目もねぇ。

鈴木　そうですね。ただ目は若い人でも近眼や乱視がありますから、わりと理解してもらいやすいのではないでしょうか。それに見えづらさにおいてはスマホが強い味方になってくれます。文字を拡大することができますので、ＬＩＮＥなども問題なく読むことができます。こちらからＬＩＮＥを送る時は音声入力をして。あの機能はとても便利です。

樋口　私はデジタルに関しては出遅れてしまいました。早くから我が家にも一応ちゃんとしたパソコンがありまして、メールでのやり取りを行ってはいたのですけれど、すべてスタッフに任せておりました。私はアナログを貫いて死ねるだろうと思っていたのですよ。ところがデジタル化の流れが驚くほど速くて……。

鈴木　高齢者にはデジタルについていけないという方が大勢いますね。でもスマホがなければできないことが増えています。同窓会などの集いに関するやり取りも、昔は往復はがきを使っていましたけれど、今はＬＩＮＥが主流です。「ＬＩＮＥはできません」というのでは幹事さんに迷惑がかかりますし、そのうちお呼びがかからなくなってしまうかもしれません。

樋口　そうなんですよ。あれは２０２１年だったでしょうか。愛媛県松山市で「高齢社会をよくする女性の会」の大会が開催されるのに際して俳句を募ったところ、「避けたいが　そうもいかない　デジタル化」という作品が第一席に選ばれました。

鈴木　臨場感にあふれていますね（笑）。確かにアナログ世代を生きてきた高齢者にとってＩＴＣ（情報通信技術）は敷居が高いのですけれど、そこはエイヤッと乗り越えて、ある程度は時代の波に乗って生きるように心がけたいです。自分には無理だと決めつけてしまわず、とにかくやってみるということが大切だと思います。

樋口　「できるかできないか」ではなく、「やるかやらないか」の問題だということですね。

鈴木　人生100年時代は、面白がって新しいものに飛びつく人の勝ちなのではないでしょうか。

樋口　もはやデジタル化は避けられないと私が実感したのは、コロナ禍で直接人と会うことができなくなった時でした。「高齢社会をよくする女性の会」の人達と集って話し合いを進めなければいけないことが山積していたのですが、オンラインでできるということで、時代の進化の恩恵をありがたく受け止めることにいたしました。本会では「高齢者ITC勉強会」も行いまして、ITエバンジェリストの若宮正子さんに講師をお願いしたのですけれど、大盛況でしたよ。

鈴木　若宮さんは素晴らしいですね。80代でゲームアプリを開発なさったのだとか。まさにデジタル社会における高齢者の希望の星です。

樋口　私もデジタル社会から置き去りにならないようにしなければと、深く心に刻みました。とはいえデジタルに馴染みのない高齢者だらけの社会なのですから、すべてを早急にデジタル化してしまうのはいかがなものかと思います。いきなりスーパーのレジが無人化になったり、レストランのメニューが軒並みタッチパネルになってしまったら、高齢者は困惑します。一人で出かけるのが怖くなったという人もいることでしょう。銀行手続きなどもインターネットで行うことが主流になりつつあり、こんな難しいことできるか！　と叫びたくなります。その一方で詐欺メールなども横行していますので、怖くてやたらと手を出せないというのが実情です。

鈴木　一人暮らしの高齢者には、気軽に教えてくれる人もいませんしねぇ。

樋口　私は娘と暮らしていますけれど訊きません。イヤーな顔を見るのが嫌で。これはみんな言いますね。子供にスマホなどの操作法を尋ねたら「こんなこともできないのか」などと言われて、「もう頼まない」とキレたとか、キレそうになったけれど教えてもらいたいからグッと耐えたとか。デジタルに関しては高齢者は圧倒的に弱者です。もう少し高齢者に寄り添いながら、緩やかに進化していくことはできないものかと感じます。

食べることは生きること

鈴木　樋口さんは食が細くなったということはありませんか？

樋口　若い頃に比べたら食べる量は少なくなりました。それ以前に、私は家の建て替えでお金を使い果たしてしまったことから鬱々とし始めて、料理を作るのも億劫になり、ついには食べるのも面倒になって、低栄養と貧血になってしまったことがあるのです。さすがに娘が心配して、以来、食事管理に気を配ってくれるようになりました。私は野菜が苦手なのですけれど、娘がサラダを作って「食べなさい、食べなさい」とうるさいんですよ。でもおかげで栄養バランスを持ち直して、弱っていた胃の調子も順調です。もっとも体調には波がありますけれど、この夏もバテずに乗り越えることができたのは、きちんとした食生活を送っているからでしょう。

鈴木　娘さんが食事の支度をしてくださるのですか？

樋口　基本的にはシルバー人材センターの方に週2回ほど来ていただいて、炊事や掃除や洗濯をしていただいています。それ以外の日は宅配のお弁当を食べております。娘から、今日一日に食べたものをメモして見せるようにと命じられていて、それだけは真面目にやっているのです。

鈴木　自分の記憶力が衰えていないかチェックできるのもいいですね。

樋口　はい。「何を食べたのだったか」と記憶が怪しい時もあるのですけれど、これは単なる物忘れで誰にでもあることなのだそうです。食べたことを忘れて「今日はまだ食事をしていない」と思い始めたら認知症のサインらしいですよ。

鈴木　物忘れはありますよ。私だって「この部屋に何をしに来たのだったかしら？」なんてことは何十年も前からありました（笑）。それにしても食欲が回復してよかったですね。

樋口　元来、食べることが好きなので、食欲が落ちた時はガッカリしました。人生の大きな楽しみが奪われたと思ってションボリしてひきこもり、すると体力を消耗しないので、ますます食欲が減退するという負のスパイラルが恐ろしいのです。

鈴木　一日に必要な栄養が足りていないと、健康な状態と要介護状態の中間の、フレイルという状態になってしまうことがあります。ですから、食事というのは本当に大切。食べることは生きることであり、生きることは食べることだといいますから。

樋口　生きることは大変ですね。私は鬱々した状況から脱して食欲が戻ってきたと思っていた矢先に、今度は歯の問題にぶち当たりまして。91歳の時だったと思うのですが、ある日、歯が欠けていることに気づきました。そこで歯科医で診てもらったら、歯が1本ダメになっているというのです。これはショックでした。

耳や目に続いて歯までも不具合になってしまったと。私、歯が丈夫なことだけが取り得だと思っていたんです。80歳で20本歯を残そうという「８０２０運動」というのがありまして、私は80歳の時点では楽勝だったのにと悔しくてね。それにこの先も歯がどんどんダメになってしまったら、また食べるのが億劫になってしまうのではないかと不安でした。

鈴木　本当に失うものが多くて嫌になってしまいますけれど、残された機能を活かしていくしかありません。「歯が1本ダメになってしまった」と捉えるのではなく、「まだまだ丈夫な歯がある」と考えて。

樋口　今のところ、歯の不具合で食欲が減退するということにはなっておりませんので、もうクヨクヨするのはやめました。

鈴木　私は食事に関して決めていることがあります。一つは好きなものを食べること。もちろん栄養のバランスは大切なのですけれど、好きでもないものを栄養のために食べるというのでは心が満たされません。「美味しい」と思って食べることが何よりもの栄養だと思うのです。もう一つは、食べている時には嫌な出来事のことは考えないこと。「このお米は太陽の恵みだ」「このお野菜は農家の方々のおかげで食卓に並んでいるのだ」と感謝することに徹します。

樋口　私は「母のお味噌汁も美味しかったな」とか、「あの時の食卓は楽しかったな」という具合に、料理から懐かしい思い出を連想することが多いです。匂いや味は記憶を呼び起こしてくれます。

鈴木　ホッコリとした気持ちになりますね。

樋口　シスターは好き嫌いはないのですか？

鈴木　はい、何でもいただきます。フルーツも好きですし、甘いものも大好きです。

樋口　私もスイーツに目がなくて。今回の取材でも何が楽しみって、編集者さんが持ってきてくださる高級なケーキです。フルーツがたくさんのっていたり、チョコレートで綺麗にデコレーションされていたりして、見ているだけで心が弾みます。

鈴木　楽しくて美味しくて、自然と話も弾みますよね。

身だしなみを整えて暮らすことの大切さ

樋口　私はおしゃれをするのも好きなんです。身だしなみを整えるというのは相手に対する礼儀だというふうに思うのですけれど、明日は何を着て行こうかしら？　と考えるのが楽しいのです。長く生きている間に溜まったアクセサリーやスカーフの中から、これを合わせるのがいいか、それともこちらにするかと思案するのが至福の時です。

鈴木　いつも素敵に装っておられて。

樋口　シスターのセンスも素晴らしいと刺激を受けているのですけれど、ふと気になることが思い浮かびました。シスターは修道服をお召しにならないのですか？

鈴木　服装については所属する組織によって、さまざまな決まりがあるのです。私が所属するカトリックの聖心会でも、かつてはハビットと呼ばれるローブ状のチュニックに長いベールを被るという中世からのスタイルを守っていました。でも現在は、教会そのものが現代に沿って社会貢献していくという方針に変わり、一般の方々との調和を図ることが重要視されるようになったのです。

樋口　それで私服を来ておられるのですね。

鈴木　修道服でも私服でも、個々に選択してよいことになっています。修道服というのは質素でありながら、どんな場面でも失礼にあたることはなく、着心地も悪くありません。言ってみれば非常に合理的なのです。そこで私はどちらにしようかと迷いながら、修道服を着て過ごしていました。ところがそんなある日、ある出来事に遭遇しまして。その日、私は私服を着て校内を歩いていたのですけれど、学生達が私の少し前を行く修道服のシスターに対しては深々とお辞儀をするのに、私服の私にはお辞儀をしないのです。このことに気づいた瞬間に、私は私服で過ごそうと決めました。

樋口　あえて修道服の威力を脱ぎ捨てたと。

鈴木　そんなに大袈裟なことではないのですけれど、一般のみなさんと同じ服装で過ごしたほうが、同じ目線で世の中を見渡すことができるように感じたのです。

樋口　そうでしたか。コーディネートを楽しんでいらっしゃるのですね。

鈴木　スーツを着ることが多いです。清潔感があり、シンプルにというのがポリシーです。高価な服は持っていませんし、何十年も前に購入した服を大事に着続けています。

樋口　確かにシスターが修道服を着ておられたら、こんなにざっくばらんにお話しできなかったかもしれません。人の心理というのは面白いものですね。

年を取ったら自分本位に生きる

鈴木 目下の楽しみについてお話ししてきましたが、いろいろとできなくなってきたからこそ、楽しいことが輝いて見えるのではないでしょうか。夜空の星はあたりが暗くならなければ見えないように。

樋口 なるほど。

鈴木 「まぁいいか」という対処法をお持ちの樋口さんのような方は多くはありませんせん。多くの方が「老いて何もできなくなった」と嘆くのです。あるいは自分を責めるのです。でも嘆くことも、自分を責める必要もありません。誰もが平等に適切なタイミングでその時を迎えるというだけのことなのですから。

樋口 私はオペラ鑑賞が趣味でしたけれど、チケットの手配をするのも、劇場へ行くのも大変だと感じるようになりましたし、何時間も座っているのが辛くなってきて、やむなく趣味を諦めました。先ほども触れましたけれど、耳が遠くなってきたから友達と電話で話すのを諦めるとか、健康のために食べたいものを封印するとか、足腰が弱ってきたから家族旅行に参加しないとか、老いると、まぁいろいろと我慢を強いられることが多くなってしまいがちですね。でも、老化という自然の摂理に抗うことはできません。ならば潔く、「もう十分に楽しんだのだから、まぁいいか」と自分のほうから手放すことが得策だという気がいたします。

鈴木　おっしゃる通りだと思います。「もっともっと」から「もう十分だ」というふうに心の立ち位置を変えれば、自分はなんて素敵な経験を重ねてきたのだろうと思えてきます。このことを私は「心をひっくり返す」と言っているのですけれど、心をひっくり返せば我慢が我慢ではなくなるのです。

樋口　この年になって我慢するなんて嫌なこったと思うのですけれど、それは自分の考え方次第というわけですね。

鈴木　ええ。高齢者はこれまで、家族のため、仕事のため、社会のために生きてきたのですから、残された時間を自分本位に生きていいと思います。もちろん人様の迷惑になることをしてはいけませんけれど、自分のやりたいことをやりたいようにしながら生きることは、我侭ではなく、自分を大切にするということです。

樋口　そのためには若い人達の協力も必要ですね。「あれをしてはいけない」「もうそんなことは無理だ」と決めつけて、高齢者の可能性を奪わないで欲しい。これが私の主張です。やはり自分のさまざまなことに対する「止め時」は、自分で決めなくては自分自身に対するけじめがつきません。これは尊厳の問題だと思います。

92歳にして初めて感じる内面の変化

鈴木 私は90代になってガラリと自分の世界が変わりました。

樋口 シスターでも？ シスターの精神性というものは普遍的なものと思っておりましたが。

鈴木 信念がブレることはないのですけれど、それとは別のところにある一人の人間としての感覚は、年齢に応じて、肉体的にも精神的にも変化してきました。ここへきてさらに自分の内面が大きく変化したのを感じるのです。

樋口　内面といいますと？

鈴木　これまでに感じたことのない感覚で、自分でも面白いなと思うのですけれどね。過去のことも未来のことも考えなくなりました。考えないようにしようというのではなく、考えていないのです。感覚的なことですから言葉にするのは難しいのですけれど。

樋口　この年になったら10年先のことまでは考えなくなりますけれど、少し先の未来のことは考えますよね？

鈴木　それが92歳になって、ふと気づいたら、今、この瞬間のことしか考えていない自分がいました。今、目の前にいる人と話していて楽しいとか、今、目の前に咲いている花が美しいということに集中していて、そこに伴う感動で心がいっぱいに満たされているのです。この感覚は何だろうと思って考えてみたら、子供の時がそうだったなと。

樋口　年を取ると子供に戻るということを聞いたことがありますけれど。

鈴木　子供に返っているのだけれど、子供の無邪気な感覚ではなくて、もっと冷静かに「なんて美しいのだろう」「なんて素晴らしいのだろう」と深い感動を覚え、過去も未来もない世界にいて、ひたすらに感謝しているのです。そうして自分は昔のように活動することはできなくなったけれど、何もできないのではなく、誰かのために祈ることができるという発想を得て、それが大きな希望となっています。心に惑うことが少なくなりました。

寝たきりになっても社会貢献はできる

樋口　幾つになっても希望というものは大きな支えになりますね。ただ、希望を見つけるのが難しいのです。

鈴木　私がシスターだから祈りが希望になるというのではないのです。たとえ寝たきりになっても、愛する人の幸せを祈ることはできます。あの人には悪いことをしたと気になる人がいたとしても、その方のことを思い出し、「あの方が穏やかに暮らせますように」と祈ることもできます。もっといえば世界平和を祈ることだってできるのです。一人ひとりの祈りが神様に届いて、神様は人々の願いを叶えてくださるでしょう。祈りは立派な社会貢献なのです。

樋口　普段は信心深くない私のような人間でも、祈りは有効ですか？

鈴木　もちろんです。たとえば道ですれ違う人に「駅までの行き方を教えてください」とお願いされたら、誰だって快く教えてあげるじゃありませんか。ましてや神様は、親の何億倍もの慈悲心を持っておられるのです。祈りというのは、神様を称えること、感謝すること、恵みを与えてくださいと願うこと、みんなの幸せを願うことの4つから成り立っています。祈りは本能的なもので誰もが祈る心を備えているのです。若い頃は忙しいという物理的な事情から祈る時間を持てなくても、高齢者になって時間にゆとりが出てきたら、自ずと祈りを捧げるようになるのではないかと思います。

樋口　私は今のお話を伺っていて、「徒然草」の「花はさかりに、月はくまなきをのみ見るものかは」という一文を思い起こしました。満開の花や澄みわたった月でなければ楽しめないというわけではないと。人生にたとえて現役中だけがすべてではないと置き換えることができると思います。兼好法師は、権力やポストにしがみつかず、老いの引き際を見極めることが美しいとしているのです。現役を退けば「徒然なるままに」となるわけですけれど、自然体で過ごす時には損も得もありません。心豊かに老いるというのは、こういうことなのかもしれないなと、私も感じる今日この頃でございます。

死ぬことは怖くはない

鈴木　樋口さんは90代になって感じておられることはありますか？

樋口　先ほども申しましたけれど、もはや損も得もない。同時に自分自身に対しても、贔屓目に見ることも卑下することもなく、人間の品格というのはこんなものだと達観しております。そうなってきますとね、人に余計な注文をつけませんし、期待もしない。だから落胆することもない。「あら、今日は空が綺麗」「あら、青葉の緑が美しい」と素敵なことだけをキャッチしておりますので、シスターが92にして感じる内面の変化についてはよくわかります。

鈴木　若い頃は偉い方の前へ行くと萎縮していましたけれど、そうしたこともなくなりました。私は会った瞬間に、この人は温かい人だとか、誠実な人だとかいったことを強く感じるようになりました。それ以外の、その方の地位とか、キャリアとかいったことにはまったく関心がありません。

樋口　偉いといっても、「所詮は人間でしょ」とか思ってね。大差ないんですよ、みんな。私は昔は「一化け」「二化け」といって、自分が死んだら、嫌いな人のところへ化けて出てやろうなどと考えていたのですけれど……。

鈴木　そんな気持ちもなくなったのですね？

樋口　というより、みんな私より先に逝ってしまったのです。こちらが化けて出られるのではないかと怯えております（笑）。

鈴木 あちらの世界というのは、とっても「気」がいいので、みんな満たされて誰かのところへ化けて出てやろうなんて思うはずがありません。

樋口 あ、そうなのですか？

鈴木 私は40歳の時に臨死体験をしたのです。

樋口 えーっ！

鈴木 初めて泊めていただいた修道会でのことでした。どこかの宮様のお屋敷だったところで、とても広くて、天井がものすごく高くて。私は2階の部屋を提供していただいたのですが、夜中にお手洗いに行こうと思って廊下に出て、ここは曲がるところだと思ってスイスイ歩いているつもりが、フワリと長く続く急勾配な階段の上から下まで落ちていて、気づいたら病院のベッドの上でした。

樋口 あらぁ。気を失って。

鈴木 はい。これはあとで聞いた話ですけれど、救急隊の方が「この階段の上から落ちて生きているというのが信じられない」と言っていたらしいのです。でも私は奇跡的に、肋骨を少し傷めた程度で、すぐに退院して元の生活に戻ることができました。

樋口　その時に臨死体験とやらをなさったと。

鈴木　それはそれは素晴らしいところで。私は高台に立っていて、もう一人の自分が斜め上から見下ろしているという場面から始まりました。高台に立っている私の足元には筍の皮のようなものがありまして、でもすぐに自分は蓮の真ん中に立っているのだとわかりました。それで蓮の花弁が1枚ずつ落ちていくのですけれど、1枚落ちるごとに「ああ、これで人目を気にすることから自由になった」「ああ、これで自分を責めることから自由になった」というふうに、どんどん気持ちが楽になっていくのです。この最後の1枚が落ちれば、完全に自由になれると思いました。ところが最後の1枚が落ちる前に、斜め上から眺めていた自分と一体となり、スーッと上へ移動して。ハッと気づいたら全身が金白色の光に包まれていて、本当に気持ちのいい世界でした。体のすべての機能が調和して働き、新しい体として生まれ変わっているかのような感覚、頭もクリアで清々しい感覚、それからこの世界には時間がないと思ったことを覚えています。ここは永遠だと。ですから私は死ぬのは怖くありません。

生きるうえで大切なのは「知ること」と「愛すること」

樋口 へぇー。そんな素敵なところなら私も行ってみたいわ。

鈴木 いつか行けますから大丈夫です。

樋口 私は真っ暗なところだったりして。怖いわ。でも参考のために最後まで聞いておかなくては。その後、シスターはどのようにして、この世に還っていらしたのですか？

鈴木 私はここにいたいと思ったのですけれど、目の前に、お姿はわかりませんでしたが「命の源」という方が立っておられて、「あちらの世界に帰りなさい」

とおっしゃるのです。そして「覚えておきなさい。あちらの世界で大切なのは、知ることと愛することとだけです」と。それだけ告げてお姿が消え、同時に「癒してください、癒してください」と、たどたどしい日本語で誰かが祈っているのが聞こえてきました。静かに目を開けると病院のベッドの上にいて、お医者様が「意識が戻りましたね」とおっしゃって。退院していいですよと言われました。

樋口　宿泊していた修道院へ戻られたのですか？

鈴木　ええ。でもそのあと不思議なことがたくさん起こりました。全部お話ししていたら1冊本が書けてしまうほどなのですが、最初に感じたのは、修道院の裏の田んぼに干してあった稲の匂いを嗅いだ時に覚えた「私は大宇宙と一体なのだ」というものでした。何もかも与えられて生きているのだ、こんなにも弱い私も大宇宙に受け入れられているのだと、得も言われぬ温かな気持ちになりました。

樋口　臨死体験の前とは違う感覚になっていたのですね？

鈴木　そうなんです。面白い現象も起こりました。いろいろな人が私のところへ「自分の病気は治るでしょうか？」とか「子供は希望校へ入れるでしょうか？」

といったことを訊きに来るようになって、その時にフッと頭に浮かんだ事柄を伝えると、みなさん喜んで帰られるのです。そのうち立派なスーツを着た男性が何人かで通われるようになり、「来週は何日の何時頃でしょうか?」と訊かれて、私は「水曜日の3時です」などと頭に浮かんだ日時を伝えていたのですが、ある日、「何のための日時ですか?」と尋ねたら、自分達は株の証券マンで、先生に言われた日時に株を売るとものすごく儲かるのですなどと言うので、もうビックリしてしまいまして。

樋口 まぁ図々しい。

鈴木 以来、尋ねてくる方と会うのは一切やめました。

樋口 つまり霊能力のようなものを備えられたということでしょうか?

鈴木 何だかわかりません。ただ奇跡的なことが次から次へと起こるようになって。こんなこともありました。私がハワイで行われた修道会のワークショップに参加したところ、アメリカ人のシスターが突然、日本語で話しかけてきました。「日本の修道院にいました」とおっしゃるその声に、どうも聞き覚えがあります。

もしかしてと思ってお尋ねしたら、その方は私が階段から落ちた修道院にいらしたそうで、「私、あの修道院で階段から落ちて怪我をしまして」と申し上げると、「私、その場にいました」と。その声は、夢の中で聞こえた「癒してください、癒してください」とたどたどしい日本語で祈ってくださっていた方の声でした。

どんなこともなるようになる

樋口 すごいですね。心底驚きました。ところで一つ、質問がございます。先ほどシスターは「命の源」という方から「大切なのは知ることと愛すること」と諭されたと話しておられました。「愛すること」のほうはわかるのですが、「知る」というのは、どういうことでしょうか？

鈴木 私は真理に目を向けるということだと理解しています。何が本質なのか。

たとえば生きていれば、苦しいことや悲しいことがたくさんありますけれど、何事にも意味があることを知る。試練から何を学ぶのか、それが本質です。新約聖書の中に「あなたがたの遭った試練で、世の常でないものはない。神は真実である。あなたがたを耐えられないような試練に遇わせることはない。そればかりか試練と同時に、それに耐えるための道も備えてくださるのである」と記されています。

樋口 それこそが真理ですね。92年生きてきた私が自信を持って言えるのは、何が起きても「どうにかなる」ということです。いろいろなことがありましたけれど、どうにもならずに苦しみ続けていることは一つもありません。時が解決してくれることもあるし、誰かが手を差し伸べてくれることもありました。

鈴木 これからだって、生きていれば試練に見舞われるかもしれませんけれど、この世の真理がわかっていれば、心穏やかでいられることでしょう。もちろん「死」は試練などではありません。私はこれまでに数えきれないほどの看取りをしてきました。眠るように逝く人ばかりではなく、痛みや呼吸の苦しさと闘い続けて死を迎える人もいます。

けれど死の瞬間にはどの人も一様に安堵した表情をなさるのです。このことは多くの医師も言っています。医師にとってはそれが救いになると。「死」は修行の連続だったこの世から卒業することを意味します。そうして私達は、あの世で至福の時を迎えるのだと私は確信しています。

もう少し生きていたい

樋口　私は命が有限であることは、よぉくわかっております。この年になれば遠からず消えていくということも。でも何なのでしょう。時々「あーあ、もうこれで終わっちゃうのか」「人生100年なんていうけれど、過ぎてしまえば短いなぁ」なんてことを思いますね。

鈴木　幸せな証拠なのではありませんか？

樋口　そう言われればそうかもしれないという気もしますけれど、未練たらしいのではないかと自己分析しております。私は中学時代に患った結核を皮切りに、腎炎、子宮筋腫、変形性関節症、50代で乳がん、77歳で胸腹部大動脈瘤感染症と、けっこう病気を経験しているのです。それでも平均寿命を超えて生きているのだからと感謝しながら、口では「もういつお迎えが来てもいい」などと豪語していました。ところが89歳の時に二度目の乳がんが発覚し、「もう少し生きていたい」と願っている自分に気づいて驚きました。

鈴木　未練たらしいだなんてことはありませんよ。生命力があるのは素晴らしいことです。それで手術に踏み切られたのですね？

樋口　はい。でも大変だったのです。麻酔に堪えられる体力があるか、それから手術の時に口に人工呼吸器を入れるので、グラグラした歯が手術中に抜けて詰まるといけないから、抜けそうな歯はあらかじめ抜いておく必要があるなどと言われて……。高齢者になると手術を受けられないリスクを背負うのかと落ち込みました。ですが、案ずるより産むが易し。結果的には麻酔に堪えられると診断され、歯も抜かず、無事に手術を終えることができました。

鈴木　90になってもガン細胞は元気なのですね。一緒に弱ってくれればいいのに。

樋口　進行はノロノロしていても、ガンはガンなので、同年配の方には定期検診を怠ってはいけませんよとお伝えしたいです。

鈴木　いろいろなことがありますけれど、私は年を重ねることは素晴らしいと思うのです。老いるということは、これまでの人生で溜め込んできたものを一つひとつ手放していくためのプロセス。達観し、ドロドロとしたものを手放せば心が浄化されます。それに経験を通して精神的な免疫が作られていますから、多少のことでは動じません。

樋口　私はすぐに動揺してしまうのですけれど、しばらくすると開き直っています。これは年を取ったことのメリットで、人生というのはなかなかうまくできているなぁと感心したりして。でも自分が丸くなるのは何だか刺激がなくてつまらないような気もするのです。

鈴木 そうなのですか？

樋口 「樋口さんも丸くなった」とか言われると、パンチに欠けてきたと言われているようで微妙な気分になるのですが……。別に「いい人だ」と言われたくて「いい人っぽく」しているわけではなく、自然と穏やかになっているのですから仕方がありません。

鈴木 年を取ると「〇〇っぽく振る舞う」なんてことはなくなりますね。本来の自分に戻るのではないでしょうか。

樋口 偽りなく生きるというのは気持ちがいいですね。92歳まで生きて初めて到達した境地です。いつまで生きるかは神のみぞ知るですけれど、最後まで自分らしくありたいと思います。

鈴木 ええ、私もです。先進国の中でいち早く超高齢社会を迎えた日本に、世界中の方々が注目しています。一つのモデルケースを目指したいですね。

樋口 老い方に正解はないとは思いますけれど、高齢者のトップバッターとして何を残せるのか、責任重大だと思います。

おわりに

またお会いしましょう

鈴木　たくさんのことについて語り合いましたね。

樋口　私はバカな話ばかりしてしまったような気がしますけれど、シスターのお話が皆様の心を清らかに導いてくださったので、バランスがとれてよかったのではないかと思います。

鈴木　いえいえ。私は経験豊富な樋口さんのお話から、たくさんのことを学ばせていただきました。読者のみなさんも勇気や希望を与えられたと感じられることでしょう。これからを生きる方々に、高齢社会について考えるきっかけになったと言っていただけたら嬉しいです。

樋口　同年代の方々にも「面白かった」「ためになった」と言っていただけたらと思います。私はシスターとの対談を通じて、また一つ、死ぬまでできることがあると確信しました。それは人という財産を培うことです。高齢者は「もう〝人〟財産築くか」といった心持ちで生きれば、死ぬまで楽しく暮らせるのではないでしょうか。

鈴木　人とのご縁こそが宝ですね。地位やお金はあの世に持って行くことはできませんが、人と触れ合うことで培った感動は永遠に消えることはないと思うのです。

樋口　孤独好きな人もいて、それはそれでいいけれど。

鈴木　でも基本的に人は寂しがりなのです。このあいだ私の知り合いが認知症になって老人ホームに入ったというので訪ねてきました。そうしたら、大勢の高齢者がテレビに向かって並んで腰掛けていて、その中に私の知り合いも交じっていたのです。知らない人と集ってテレビを見たりするタイプではないと思い込んでいたので驚きました。別室に移って二人で話していたら、ここの生活もかなりいいと。何でもしてもらってありがたいし、部屋に一人でいて退屈だなと思ったら、広間へ出てきてみんなと過ごせるのがいいと言うのです。安心だと。

樋口　施設へ入るまでは嫌だったけれど、入ってみたらホッとしたという方は多いですね。一人暮らしに限界を感じていたとか、家族の迷惑になるのが辛かったとか、事情は人それぞれですけれど。

鈴木　実のところ、私はテレビばかり見て日がな一日を過ごす老人にはなりたくないなと考えていたのですが、端から見ているだけではわからない世界というものがあるのだなと思いました。高齢者の世界は奥深いのです。

樋口　シスターのお知り合いのように、誰かと一緒にいるだけで安心できるというのはわかるような気がします。「一人で生きていける」「誰の世話にもなりたくない」と言い張っていたところから、「誰かとつながっていたい」「ありがたく人様の世話になろう」と心が動くのも、人としての進化なのかもしれません。だから私も素直に言います。対談はひとまずお終いですけれど、またお会いしたいわぁ。

鈴木　もちろんです。高齢者になって新しい友達ができるなんて、これほど嬉しいことはありません。近いうちに是非。その日を今から楽しみにしています。

[著者プロフィール]

樋口恵子（ひぐち・けいこ）
1932年生まれ、東京出身。東京大学文学部卒業。時事通信社、学習研究社勤務などを経て、評論活動に入る。東京家政大学名誉教授。同大学女性未来研究所名誉所長。NPO法人高齢社会をよくする女性の会名誉理事長。内閣府男女共同参画局の「仕事と子育ての両立支援策に関する専門調査会」会長、厚生労働省社会保障審議会委員、地方分権推進委員会委員、消費者庁参与などを歴任。著書に『人生100年時代を豊かに生きる』（坂東眞理子氏との共著、ビジネス社)、『老いの上機嫌』(中央公論新社)、『うまく老いる』(和田秀樹氏との共著、講談社＋α新書)、『91歳、ヨタヘロ怪走中！』（婦人之友社)、『92歳、毎日楽しく老いてます』（電波社)、『90前後で、女性はこう変わる』（下重暁子氏との共著、幻冬舎)、『90歳になっても、楽しく生きる』（だいわ文庫）など多数。

鈴木秀子（すずき・ひでこ）
1932年静岡県生まれ。聖心会シスター。東京大学人文科学研究科博士課程修了。文学博士。フランス、イタリアに留学。ハワイ大学、スタンフォード大学で教鞭をとる。聖心女子大学教授（日本近代文学）を経て、国際コミュニオン学会名誉会長。聖心女子大学キリスト教文化研究所研究員・聖心会会員。国内および海外で、聴衆とともに「人生の意味」を考える講演会、各種ワークショップなどで、さまざまな指導に当たる。主な著書に『9つの性格 エニアグラムで見つかる「本当の自分」と最良の人間関係』(PHP研究所)、『よりよく老いる〜92歳のシスターの心豊かに生きるヒント』（大和書房)、『あなたは、そのままでいればいい』（扶桑社)、「死にゆく者からの言葉』（文春文庫)、『今、目の前のことに心を込めなさい』『世界でたったひとりの自分を大切にする」(ともにだいわ文庫)、他多数。

なにがあっても、まぁいいか

2024年12月1日　第1刷発行

著　者　樋口恵子　鈴木秀子
発行者　唐津　隆
発行所　株式会社ビジネス社
〒162-0805 東京都新宿区矢来町114番地
神楽坂高橋ビル5階
電話 03(5227)1602　FAX 03(5227)1603
https://www.business-sha.co.jp

カバー印刷・本文印刷・製本/半七写真印刷工業株式会社
〈装幀〉谷元将泰　〈本文デザイン・DTP〉関根康弘（T-Borne）
〈撮影〉大河内禎　〈編集協力〉丸山あかね
〈営業担当〉山口健志　〈編集担当〉山浦秀紀

ISBN978-4-8284-2682-2

好評発売中 **ビジネス社の本**

世の中を牽引してきた2人が考える、超高齢社会を生き抜く処方箋

どうせ長生きするなら、
幸せの時間も2倍にしましょうよ！

人生100年時代を豊かに生きる

樋口恵子　坂東眞理子

ヨタヘロしても七転び八起き

人類史上初の〝人生100年〟時代。
この超高齢社会を、どう生きるか？

＊「いい年をして」という〝呪縛〟にとらわれない
＊食事は大切。お菓子をつまむ程度でごまかさないこと
＊いくつになっても、できる範囲で働く
＊毎日歩く。貯金はできなくても、せめて貯筋しましょう
＊いくつになっても「見た目力」を磨こう！

ISBN978-4-8284-2587-0
定価**1,540**円
（本体1,400円+税10%）

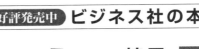

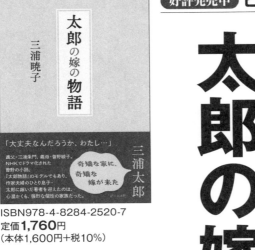

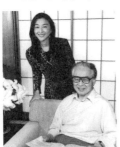